VEADO ASSASSINO

SANTIAGO NAZARIAN

Veado assassino

Companhia das Letras

Copyright © 2023 by Santiago Nazarian

Grafia atualizada segundo o Acordo Ortográfico da Língua Portuguesa de 1990, que entrou em vigor no Brasil em 2009.

Capa
André Hellmeister

Foto de capa
Jon Tyson/ Unsplash

Preparação
Ana Cecília Água de Melo

Revisão
Erika Nogueira Vieira
Marise Leal

Os personagens e as situações desta obra são reais apenas no universo da ficção; não se referem a pessoas e fatos concretos, e não emitem opinião sobre eles.

Dados Internacionais de Catalogação na Publicação (CIP)
(Câmara Brasileira do Livro, SP, Brasil)

Nazarian, Santiago
    Veado assassino / Santiago Nazarian. — 1ª ed. — São Paulo : Companhia das Letras, 2023.

    ISBN 978-65-5921-566-9

    1. Ficção brasileira I. Título.

23-148866   CDD-B869.3

Índice para catálogo sistemático:
1. Ficção : Literatura brasileira   B869.3

Eliane de Freitas Leite – Bibliotecária – CRB 8/8415

Todos os direitos desta edição reservados à
EDITORA SCHWARCZ S.A.
Rua Bandeira Paulista, 702, cj. 32
04532-002 — São Paulo — SP
Telefone: (11) 3707-3500
www.companhiadasletras.com.br
www.blogdacompanhia.com.br
facebook.com/companhiadasletras
instagram.com/companhiadasletras
twitter.com/cialetras

VEADO ASSASSINO

"Eu tenho quarenta e quatro dentes na minha boca."
"Hum?"
"Minha boca, sei que tu tá olhando pra ela."
"Estou olhando para seu rosto. Esperando que algo saia de sua boca. E você parece querer escondê-la, engoli-la. É inevitável que eu olhe."
"É, pode ser..."
"A gente chama atenção para o que mais quer esconder."
"Eu devia estar de máscara."
"Não precisa usar aqui..."
"Posso ficar quieto?"
"Pode. Claro. Mas seria um desperdício..."
"Do seu tempo?"
"Do seu, principalmente."
"Tá... O que quer que eu conte?"

"O que tiver para contar. A sua história..."
"Minha história é longa..."
"Não pode ser tanto, pela sua idade..."
"Tu tem quantos anos?"
"Bem, antes de tudo, prazer."
"Renato."
"... o menino que matou o presidente."
[Dá de ombros] "Já é alguma coisa..."
"Ah, sim, é muita, muita coisa. Acho que agora sua identidade se resume a isso, não importa o que mais tenha feito."
"Não fiz muito mais."
"Mas Renato também é um nome bonito. E providencial. Você sabe o que significa, não é?"
"Sou Renato há dezesseis anos. Claro que sei o que significa."
"Você teve um parto difícil? Problemas na maternidade?"
"Como vou saber? Não lembro de nada tão pequeno."
"Não, digo, de onde veio seu nome. É comum em crianças que passam por uma gestação, um parto difícil: *Renato, Vicente, Vitória...*"
"Não sei. Só sei que meus pais não me queriam."
"Ah, todo adolescente fala isso..."
"Alguns têm razão."
"Ou seus pais perderam um filho antes de você? Uma gravidez abortada? Daí você seria o *renascido*."
"Renascido do Inferno."
"Adoro esse filme. Melhor do que o livro."

"Acho que nunca vi. Só conheço a figura... é do cabeça de prego?"

"Isso, Pinhead."

"Mas meus pais não perderam um filho... Quer dizer, até perderam... Perderam um... Ou dois, né? Agora dois..."

"Dois com você."

"Isso."

"E o outro?"

"É outra. Meu irmão mais velho, Renan. Que agora é Renata."

"Ah, faz sentido. Sua família deve escolher os nomes mais pela sonoridade..."

"Deve ser. Mas o Renan ter escolhido Renata foi uma puta falta de sacanagem, zoou meu nome."

"Deixa eu ver se entendi: seu irmão mais velho, Renan, se tornou Renata?"

"Isso. Podia ter escolhido outro nome."

"Podia. *Renata* é um nome meio clichê para trans, não é? Como se tivesse renascido em outro gênero? Mas, convenhamos, chamando Renan, era a escolha mais natural, se o pessoal já chamava de Rê, Rena..."

"Chamavam de Renan mesmo. Rena é meu apelido. Rena do Nariz Vermelho."

"Que apelido comprido."

"É por causa de um desenho de Natal. Só mais um jeito de me chamar de veadinho."

"Ah, sei, *Rudolph, the Red-Nosed Reindeer.*"

"Oi?"

"Conheço a música, a música natalina."

"A música não conheço."

"Não? Puxa, não usaram bem seu apelido. Tem até uma música tema..."

"Eles inventaram um versinho: *Renato, Rena, do nariz vermelho, veado nato, viado pentelho...*"

"Que horror..."

"Pois é..."

"Quem inventou isso?"

"O povo da minha escola, o Jeferson..."

"Mas seu nariz não é vermelho."

"Ficou vermelho já, uma espinha bem na ponta. Mas acho que não, acho que o apelido nem veio disso, é só por causa do veadinho, e daí as espinhas só reforçam a bagaça, é só mais pilha pro povo trolar."

"E seu irmão, sua irmã, nunca chamaram de nariz vermelho? Ainda mais sendo trans..."

"Não, porque Renan é um nome curto, não precisa de apelido. O meu que virou Rena, e de Rena pra nariz... ah, já expliquei."

"Sim, do nariz já explicou. Mas começou falando dos dentes."

"Tenho quarenta e quatro dentes na minha boca."

"Então cuspa. É proibido entrar aqui com materiais orgânicos."

"Pfff. É maneira de dizer. Todo mundo olha. Parece que tenho mais dente do que boca. Fui ao dentista e ele até pensou em arrancar alguns, pra arrumar, mas decidiu antes colocar o aparelho, daí meus dentes ficaram assim, maiores ainda."

"Ah, então não são mesmo quarenta e quatro..."

"Claro que não. Quarenta e quatro dentes quem tem é o porco. A gente viu isso na aula de biologia. Daí os guris, que sempre zoavam com meus dentes, ficaram zoando isso de mim."

"Uau, Renato, que bagunça. Nariz de rena, boca de porco?"

"Tipo isso. Teve até uns que me chamaram de porco, mas o apelido de rena pegou mais. Até porque, porco é cara sujo, e sujo eu nunca fui, tem caras muito mais sujos do que eu na minha turma."

"Sujo ou palmeirense. Para que time você torce?"

"Oi? Tenho cara de quem assiste futebol?"

"Hum, nariz de são-paulino, boca de palmeirense..."

"Tá de sacanagem?"

"De leve, Renato."

"Enfim, não sou porco, não sou rena..."

"É um homem com quarenta e quatro dentes."

"Nem sou homem ainda..."

"Não."

"Nem vou ser, né? Não tem como me safar dessa..."

"Hum... até tem. Mas vamos discutir isso com calma."

"Tô calmo."

"Eu sei. Você me parece um rapaz muito calmo. Nem dá para acreditar no que fez."

"A ideia era essa. Fazer algo que impressionasse todo mundo."

"Conseguiu. Ninguém diria..."

"É isso o que tão dizendo? 'Ninguém diria; ele era tão quietinho; tão bonzinho; tão viadinho...'"

11

"Provavelmente a maioria, sim. Outros sabem que é nos bonzinhos, nos quietinhos que mora o perigo. O inesperado só pode vir de quem a gente não espera. E até as renas podem matar. Mas os porcos matam com mais frequência."

"Como as renas podem matar?"

"Bem, elas têm chifres, não? Para defesa. Defesa e cortejo sexual."

"Como assim?"

"Os chifres são um sinal de virilidade, no mundo das renas, dos veados..."

"Quem diria. Mas as renas existem?"

"Não entendi."

"As renas. Não é uma coisa tipo Papai Noel?"

[Ri] "Não, Renato. As renas existem, claro, lá nos países nórdicos. Como os veados, alces, caribus. Só que não voam, a parte que voam é que foi inventada; as renas não podem voar. Como o Papai Noel; existem velhos que se vestem de vermelho e dão presentes para crianças..."

"Tô ligado."

"Você acreditava em Papai Noel?"

"Não. Nunca teve isso em casa. Meus pais não eram muito de dar presente."

"Que tristeza, não? As crianças que mais precisariam de um Papai Noel, porque não ganham presentes dos pais, são as que menos têm."

"Ironia."

"Isso, a figura de estilo é essa. Você é um menino inteligente."

"Então me dá um presente no Natal."

[Ri] "Estou longe de ser Papai Noel. E você pode ser inteligente, mas não foi um bom menino."

"Bons meninos não ganham nada."

"Nem do coelho da Páscoa?"

"Ah! Em coelho da Páscoa eu acreditei um tempo, sabia? Quando eu era pequeno."

"Que curioso. Coelho da Páscoa é muito menos plausível..."

"É que eu tinha uns primos que acreditavam... E numa Páscoa meus tios colocaram um coelho, de verdade, com os ovos. Então dava pra ver, sabe? Vendo o coelho eu acreditei."

"Papai Noel também dá para ver, no shopping."

"Por isso mesmo, Papai Noel tem em tudo quanto é lugar, de tudo quanto é jeito. Coelho eu nunca tinha visto assim, ao vivo, e fui ver bem na Páscoa."

"Entendo, assim faz sentido. Talvez se você tivesse visto uma rena, teria acreditado no trenó. Mas seus pais, alimentaram o coelho? Digo, alimentaram a ideia do coelho da Páscoa?"

"Não, isso era coisa dos meus tios... mas minha mãe adora chocolate. Então sempre tinha ovo na Páscoa. E eu fiquei na pira que era o coelho que trazia, e ela não queria contar, tipo, pra fingir que era ela quem comprava, pra eu ficar agradecido."

"Entendo."

"Mas acreditei por pouco tempo..."

"E na fada dos dentes?"

"Que é isso?"
"Você podia ganhar uma fortuna..."
[Fecha a cara]
[Ri] "Estou brincando."
[Bufa]
"Você tem olhos muito bonitos, Renato."
[Dá de ombros] "Acho que é a única coisa que presta. De máscara, até que engano."
"São bem bonitos mesmo, fora do comum."
"Valeu."
"Seus pais são descendentes do quê?"
"Minha mãe é descendente de alemães. Meu pai é negro, sabia?"
"Sério?"
"Aham, bem escuro, mas com cabelo liso, como o meu. Acho que deve ser algo indígena..."
"Achei que sua franja era chapinha."
"Se minha chapinha tivesse durado até aqui, seria um milagre."
"Não sei, não entendo dessas coisas cosméticas."
"Minha mãe que vive na chapinha. E é loira. Meu cabelo é liso e grosso."
"E cai no seu rosto. Esconde seus olhos, que você diz que são seus melhores traços."
"A franja é meu segundo. Me deixa com cara de otaku. Se eu cortasse, só teria uma coisa boa. Além do mais, tava querendo deixar crescer até cobrir a boca."
"Daí ia parecer a Samara."
"Quem?"

"A mina de *O chamado*."

"Ah. Sadako."

"Isso. Essa também."

"Tu adora filme de terror, né?"

"Faz parte do meu trabalho."

"Faz?"

"Sim, muitos jovens como você chegam aqui influenciados por esses filmes, é bom eu entender do que se trata..."

"Ah, essa pira: 'Ele matou porque via filmes violentos...'"

"Eu não disse isso. Eu acho que é mais 'ele via filmes violentos porque tinha vontade de matar'. *Filmes de terror não criam assassinos, filmes de terror só tornam os assassinos mais criativos.* Vi isso em algum filme, por sinal."

"Eu não sou muito fã de filme de terror, não. Prefiro da Marvel."

"Marvel é inofensivo."

"Prefere DC?"

"DC, que é 'sombrio e realista'."

"Paia. Tem muito moleque que chega aqui influenciado por DC?"

"Não. Por isso prefiro."

"Eu gosto é de game."

"*Call of Duty*?"

"*League of Legends*."

"Hum..."

"Não conhece?"

"Já ouvi falar."

"É uma arena online onde tu escolhe um campeão pra jogar em um campo com dez jogadores, cinco em cada time, com o objetivo de destruir o Nexus inimigo..."

"O que é *Nexus inimigo*?"

"No mapa do jogo tem umas torres que tu deve destruir pra chegar na base inimiga. Lá tem um cristal, que é o Nexus. Ganha o jogo quem destruir."

"Tipo pega-bandeira?"

[Ri] "Isso, tipo pega-bandeira online."

"Ao vivo, você já jogou?"

"O LOL?"

"Pega-bandeira."

"Não" [Ri] "Nem sei as regras."

"Poderia ter sido bom. Uma atividade física, em grupo, fazer amigos, ter uma conquista material... poderia ter te bastado."

"Acho que ninguém mais joga pega-bandeira. Ainda mais na minha idade."

"Verdade. Algum outro jogo em equipe, então. Futebol... você já disse que não gosta."

"Não sou muito de esporte, cara."

"Nem tem muitos amigos."

"Não."

"De toda forma, o interessante é essa coisa do time, essa comunidade que vocês fazem em torno de games, fóruns..."

"Também curto *Free Fire*..."

"... quando na vida real são essencialmente solitários."

"É tudo vida real."
"Não é não."
"É a vida real que a gente pode ter."
"Isso pode ser."
"Quando tu diz *vocês*, tu quer dizer quem?"
"Hum, vocês, jovens, adolescentes..."
"Adolescentes assassinos? Incels?"
"Hum..." [Estala a língua] "No seu caso, prefiro chamar de... terrorista, acho."
[Um sorriso escapa] "Sério? Nunca vi chamarem assim no Brasil."
"Você não é pouca coisa, moleque."
"Qual é a diferença de incel pra terrorista?"
"Incel vem de 'celibatário involuntário', sabe? Aqueles moleques frustrados que não conseguem transar, então resolvem matar todo mundo. São individualistas, narcisistas, niilistas. Terrorista já tem uma ideologia. Está disposto a morrer e matar por um ideal — seja político, religioso..."
[Suspira] "O ideal era fazer algo foda... Eu só não queria que minha morte fosse em vão."
"Me conta, Renato. É por isso que estou aqui."
"Bom, eu queria morrer, né? E eu queria matar..."
"Você queria matar, não importava quem fosse..."
"Não. Eu queria matar meus colegas de escola. E queria morrer eu mesmo."
"E seus pais?"
"Meus pais não tavam nem aí."
"Não, digo, queria matar seus pais?"

"Não. Eu queria que meus pais vissem minha morte, minha matança, que eu era capaz."

"Entendo. Normal."

"Porra! Não precisa ficar falando que é tudo normal, que tudo tu já viu por aqui, que não fiz nada demais!"

"Sossega, Renato. Já falei que você fez algo notável, mas nem tudo. Algumas coisas se encaixam bem num padrão. Continue. Você está indo tão bem..."

"Eu queria dar um sentido à minha morte, é isso."

"Como um bom terrorista."

[Dá de ombros]

"Olhe, não estou com pressa. Comece explicando: por que você queria morrer?"

"..."

"..."

"... eu não sei se queria morrer..."

"Só um pouquinho?"

"Oi?"

"Queria morrer só um pouquinho?"

"É. Acho que isso, queria morrer só um pouquinho. Tu viu a morte da Marília Mendonça?"

"Quem não viu?"

"Daí todos os filhos da puta do meu colégio, que zoavam ela de sertaneja gorda, fizeram post de homenagem, todo mundo que nunca tinha ouvido falar virou fã."

"Você queria ser amado em morte?"

"Não... Porque ninguém ia me amar! Mas iam me levar a sério! Iam pensar sobre mim! Principalmente... iam se arrepender! Eu queria que se arrependessem do que me fizeram!"

"Hum, tá, o termo 'arrependimento' não é o mais adequado aqui, mas eu entendo o que quer dizer. Você queria *punir* aqueles que te fizeram mal, que não te levaram a sério. O arrependimento não seria algo como uma redenção, e sim como um castigo. Porque eles não poderiam se redimir, remediar. Por isso você poderia tanto morrer como matar."

"Isso, acho que é isso."

"Tá, mas vamos voltar. Por que você queria isso, o que te levou a isso, você teve problemas no parto?"

"Oi?"

"Por isso seu nome é Renato?"

"Sério que tu vai resetar isso aí?"

"Eu te disse que não tenho pressa. Me conte dos seus pais. Talvez eles tenham escolhido Renato como um renascimento de Renan, seu irmão mais velho. Tiveram desgosto com ele e resolveram tentar de novo, outro menino..."

"Não sei se eles já tinham tido desgosto. Meu irmão era pequeno quando eu nasci. São três anos de diferença."

"Você é de que dia?"

"29 de outubro."

"Escorpião."

"Isso, quase no Halloween... Podia ter nascido no Halloween."

"Nasceu onde?"

"Florianópolis, Santa Catarina."

"Opa, paraíso."

"Para tu, né? Turista."

19

[Ri] "Garoto enxaqueca..."

"Nunca curti praia."

"Nunca?"

"Nunca."

"Nem criança?"

"Nem criança."

"Não construía castelinhos de areia?"

"Preferia construir no *Minecraft*." [Ri]

"Quais são suas lembranças de infância?"

[Dá de ombros] "Praia, sol, areia..."

"E são lembranças ruins?"

"Sim. São lembranças ruins. Sabe do que eu mais lembro?"

"Do quê?"

"De tirar areia do meu tênis. Tinha sempre areia no meu tênis, indo e voltando da escola. Era tudo asfaltado, não sei como sempre entrava tanta areia."

"Onde era isso exatamente?"

"Leste da ilha. Na Barra da Lagoa, conhece?"

"Hum... de leve..."

"É um pico bem turístico. Só tem turista, e pescador."

"E vocês eram o quê?"

"Meus avós... Meus avós têm casa lá, várias casas, num terreno, foram construindo, puxadinhos. Meu avô mexe com isso, imobiliária. A gente morava numa casa, meus primos em outra."

"Os primos do coelho?"

"Isso. E tinha outros. Era um bando de agregado. Tudo no mesmo terreno. Umas casas apertadas. Era sempre muita gente, muito barulho, o hino do Avaí, *tá faltando amor no meio dos crentes...* Um cuidando da vida do outro. Às vezes aparecia uns turistas. Lembro de uns argentinos... Minha mãe odiava os argentinos, chamava de maconheiros. Dizia pra eu ficar longe."

"Você ficava?"

"Claro, que eu tinha medo de tudo. Meu irmão é que sempre tava com eles..."

"O Renan-Renata?"

"Isso. Ficou bem amigo dos argentinos. Tinha um argentino tão bonito, parecia um príncipe, moreno, cabeludo, eu só queria olhar pra ele."

"Sua mãe não deixava."

"Não. Mas meu irmão ia com eles pra todo canto — na época ainda era irmão, né? Minha mãe reclamava, meu pai dizia que era bom ajudar os turistas."

"Os turistas maconheiros... Que idade você tinha?"

"Na época... uns seis, sete?"

"A idade do platonismo prematuro."

"Que é isso?"

"A idade de se apaixonar por coisas que ainda não se entende."

"Bem isso."

"Que fim tiveram os argentinos?"

"Sei lá... foram embora, turistas. É uma zona muito assim, um povo sempre de passagem, no verão lota de turista... Muito gay. A gente também foi embora. Acho que meus avós se ligaram que ganhavam mais alugando as casas pro turismo..."

"Foram para onde?"

"Palhoça, na grande Florianópolis, continente, do outro lado da ponte."

"Uma casa?"

"Isso, outro puxadinho, na real, num terreno de um amigo do meu pai."

"Por que foram para lá?"

"Era mais barato. E meu pai trabalha lá."

"O que seus pais fazem?"

"Merda. Fazem merda."

"Renato..."

"Meu pai é dono de um bar."

"Em Palhoça?"

"Isso."

"Por que ele foi abrir um bar no continente quando podia faturar bem mais abrindo um bar na ilha?"

"Por que ele só faz merda, eu disse."

"Disse."

"Mas acho que bebum tem em todo lugar..."

"Talvez na ilha se possa cobrar mais dos turistas..."

"Mas o ponto também é bem mais caro."

"Hum, bonito de ver, você defendendo seu pai..."

"Não tô defendendo, tô só explicando."

"Tudo bem, continue. E sua mãe?"

"Minha mãe é professora, de ensino fundamental, escola pública."

"Da sua escola?"

"Não, outra escola. É longe, na ilha."

"Por que sua mãe não trabalha com seu pai?"

"Como assim?"

"Seu pai tem negócio próprio, por que sua mãe não ajuda ele?"

"Ah, porque não é um *baaar*, assim... é mais um boteco. Não é um ambiente pra mulher."

"Hum..."

"Digo, é isso o que ele pensa. Tem mulher lá, tudo puta. É o que ele acha."

"E sua mãe é uma mulher direita."

"Até demais."

"Até demais?"

"Fascista, né? Como meu pai."

"Seu pai? Não é negro, dono de bar?"

"E fascista. De direita."

"Bem, estamos no Brasil. Continue..."

"Minha mãe dá aula de português nessa escola pública."

"Durante as manhãs?"

"Sim."

"E seu pai trabalha no bar à noite."

"Isso."

"Hum, começo a entender como você nasceu tão branco..."

[Fecha a cara] "Tu é racista ou o quê?!"

"Só estou conjecturando... Você acha... Seu pai acha... Seu pai já deu indícios de que suspeitava de que você não fosse filho dele? Sua mãe, já transpareceu algo?"

"Eu sou filho deles. Quem dera não fosse."

"Sim, mas essa questão já foi levantada?"

"Às vezes, em brigas. Aquelas coisas tóxicas que pai, que mãe diz: 'Não acredito que tu saiu de mim.' 'Onde foi que eu errei?'."

"Será que te trocaram na maternidade?"

[Fecha a cara]

"O seu irmão mais velho, sua irmã. Parece com quem?"

"Com todo mundo. A coisa é essa. Todo mundo tem algo do outro. Fisicamente, né? Porque de cabeça não sei como posso ser filho deles. Sou branco, mas tenho os olhos e o cabelo do meu pai, a cor da minha mãe. Minha irmã é negra, mas parece minha mãe. Minha irmã é linda."

"Diz que é linda porque é negra? Como uma afirmação antirracista?"

"Não. É linda mesmo. Tem os dentes certinhos. A pele lisinha. Podia mesmo virar mulher. Imagina eu..."

"Imagina você o quê?"

"Eu de mulher, ia ser uma piada..."

"Você queria 'virar mulher'?"

"Não... acho que sou agênero."

"Ahhh, não binário?"

"Tipo isso."

"Antigamente era *andrógino,* mas esses termos mudam tanto..."

"Não é a mesma coisa."

"Não?"

"Andrógino é uma questão só de aparência, o menino que parece menina. Agênero é o que não é nem uma coisa nem outra, ou tá entre os dois."

"E o que você prefere, ser nem uma coisa nem outra ou estar entre os dois?"

"Nenhuma."

"Imaginei. Então... como eu te chamo? No masculino, feminino, neutro? *Terroriste*?"

"Meus amigos me chamam de Phoenix..."

"Então tem amigos."

"De jogo."

"Você é cheio de apelidos..."

[Dá de ombros]

"Certo. Você estava falando da sua irmã."

"O Renan... Ah, porra! Essa é a droga. Quero chamar ele, ela, pelo feminino, mas o filho da puta escolheu meu nome!"

"Seu nome é Renato. Sua mãe é professora e seu pai é dono de um bar."

"Isso. E minha irmã é prostituta."

"Ajuda a pagar seus estudos?"

"Que isso tem a ver?"

"Desculpe, fale da sua irmã."

"Tá morando em São Paulo... acho. Cada hora tá num lugar."

"Sente saudades dela?"

"Não é esse o caso. Ela pula de casa em casa de macho, *sugar daddy*. Última coisa que eu soube é que tava com um escritor que podia ser nosso avô..."

"O que seu avô publicou?"

"Oi?"

"Desculpe, continue."

"Meu avô mexe com imobiliária."

"Eu sei. Você estava falando da sua irmã..."

"Minha irmã parece que não tem casa, que não se apega a nada, vive viajando..."

"E você tem pena, medo, saudades... inveja?"

"..."

"Como era sua relação com ela?"

"O Renan sempre foi a criança mais viada, mas sempre a mais enturmada. Mesmo quando zoavam com ele. Ele não ligava. Gostava de gente. Saía com todo mundo..."

"Espera, ele tem quantos anos mesmo?"

"Dezenove. Três anos mais velho."

"E vocês não tinham uma boa relação quando crianças? Não brincavam? De boneca?"

"Pfff... O povo sempre acha que, se tem dois gays, eles vão se dar bem. Eu sempre fui de ficar em casa, PC, game. O Renan era de trepar em árvore..." [Ri] "Literalmente de trepar em árvore."

"E com você, como ele era?"

"Ele... nem ligava... Acho que não via graça. Ele já era uma guria hétero, né? Eu que era uma criança viada."

"Você disse que Renan era a criança mais viada..."

"Oi?"

"Disse que Renan era uma criança viada, apesar de integrada."

"Digo que ele era afetado, feminino. Só que no fundo era uma menina que gostava de meninos. Normal. Eu era um menino que não gostava de nada..."

"Então, além de agênero você se considera assexuado?"

"Não... eu só não gosto de nada que os meninos gostam."

"Você gosta de games, da Marvel, de outros meninos; me parece com coisas que muitos meninos gostam..."

"Sim, muitos meninos gostam. Mas não é as coisas de que os meninos *devem* gostar..."

"Do que os meninos devem gostar?"

[Dá de ombros] "Futebol, meninas... DC." [Ri]

"Acho que tudo bem gostar de Marvel."

"Eu tenho esse lado masculino..."

"E seu lado feminino?"

"Gostar de meninos?"

"Hum, tudo bem. Vocês dividiam quarto? Você e sua irmã?"

"Só na infância, na Barra. Em Palhoça tem três quartos. Eu tenho... tinha o meu."

"E na infância sua irmã, sua irmã mais velha, integrada, não cuidava de você? Não brincavam de boneca?"

"Tu não tá prestando atenção em nada que eu digo, né?"

"Você sabe que estou."

"A gente não brincava de boneca. Ela subia em árvores, eu jogava video game. Ela tinha crush no Tom Cruise, eu no Tom Holland."

"Três anos de diferença podem ser uma geração."

"Acho que a questão não é a idade..."

"Pode ser, para mim Tom Holland é o diretor de *Brinquedo Assassino*."

"Do Chucky?"

"Isso... Mas também pode ser questão da lua. Você tem lua em quê?"

"... sério?"

[Ri] "Desculpe. Continue."

"Quer que eu fale da minha irmã?"

"Do que quiser falar. Não tenho muito método."

"Isso eu percebi."

"É que temos todo o tempo do mundo. Então não dá para ser muito programático. Eu deixo fluir, vou jogando ideias..."

"Tu é um psiquiatra, policial, advogado ou o quê?"

"Ah, Renato, demorou para perguntar, hein?"

[Dá de ombros]

"Não acha curioso ter começado toda essa conversa comigo sem questionar isso?"

[Dá de ombros]

"..."

"Tu é um jornalista que quer escrever minha história?"

"Isso não vem ao caso agora... Hum, Renée!"

"Oi?"

"Renée. Seu irmão Renan poderia ter escolhido Renée como nome feminino, não é? Mais próximo do que Renata."

"Acho que Renê é mais agênero."

"Unissex, no caso."

"Isso."

"E uma mulher trans não iria escolher um nome

que desse margem a confusão... Certo. Acha que ela escolheu Renata para te provocar?"

"Acho que não. Ele não ligava tanto pra mim pra isso. Mais pra provocar meus pais, só se foi. Escolhendo um nome que eles escolheram no masculino e passando pro feminino."

"Faz sentido."

"Só que a merda pegou comigo. Porque eu já era o viadinho da escola. Daí eu era o viadinho com a irmã travesti que pegou meu nome."

"Muito combustível para bullying."

[Assente]

"Há quantos anos ela mudou para Renata?"

"Uns... dois? Não, um e meio, final de 2020."

"Mudou legalmente?"

"Isso eu não sei. Não sei muito dos detalhes depois que ela saiu de casa."

"Que foi em...?"

"Final de 2020, quando terminou o ensino médio."

"Daí o que ela fez?"

"Daí ela chutou o balde, sem pensar em mim. Fez dezoito e se assumiu mulher, foi morar com umas amigas, acho que foi aí que deu start nos hormônios e tudo. Da última vez que eu vi já tava até com peito..."

"Você estava indo para o ensino médio."

"Isso. 2020 até que não foi tão ruim, porque eu tive muita aula online, com a pandemia. Dei graças a Deus. Quando voltou em 2021 que foi a merda. Tudo pior. Minha irmã tinha saído de casa e era uma das putas da cidade. Eu até inventei covid pra estudar em casa. Mas meus pais não acreditam nisso, são negacionistas. Não acreditam nem em vacina."

"Não se vacinaram?"

"Minha mãe se vacinou porque foi obrigada no trabalho. Meu pai acho que não."

"Quantos anos tem seu pai?"

"Quarenta e sete? Quarenta e oito... Por aí."

"Como ele se chama?"

[Ri] "Tu não vai acreditar..."

"Como?"

"Luiz Inácio."

"E ele odeia? Como é o apelido?"

"Ele só é conhecido pelo sobrenome, Silveira. Ele é o Silveira, acho que esconde o nome. Até o bar é o Bar do Silveira."

"Interessante... Você já trabalhou no bar com ele?"

"Eu não. Só tenho dezesseis, né? E odeio aquele lugar."

"E seu irmão, sua irmã?"

"Também não."

"Talvez seu pai se sinta muito sozinho, com um negócio próprio, que carrega o sobrenome dele, sem ninguém da família para ajudar..."

"Coitadinho."

"Estou falando sério."

"Ele nem curte que a gente vá lá. Quando eu era menor eu até ia. Uma época que minha mãe não tinha com quem me deixar, logo que a gente se mudou pra Palhoça. Eu ficava tomando coca-cola e jogando *Hungry Shark* no celular."

"'Baby Shark'?"

"*Hungry Shark*."

"Não tem nada de boa lembrança aí? Sinuca? Uma ligação maior com seu pai?"

"Não. Eu acho que ele já não curtia que eu fosse. E nem é por causa do ambiente. Ele tinha vergonha de mim, por eu ser assim, viadinho. E agora que tu falou..."

"Falei o quê?"

"Depois que tu perguntou se meu pai não suspeitava que eu não era filho dele, acho que talvez também tivesse isso. Quando os amigos, os clientes, perguntavam quem era aquele guri, tipo, e ele tinha que falar que era filho dele, tinha uma vergonha. Eu achava que era pelo meu jeito. Mas agora, pensando, tipo, talvez ele tivesse vergonha de ter um filho branco, porque os amigos olhavam esquisito. Eu também achava que os amigos olhavam esquisito por eu ser viadinho. Talvez olhassem esquisito por ele ter um filho branco. Tipo: 'Capaz que tu acha que esse guri aí é filho teu?'."

"Uau, Renato."

"Pois é."

"É a confirmação social. O homem pode até ter certeza... o homem nunca tem certeza. Pode até acreditar que o filho é dele, mas é preciso a confirmação física, a semelhança, para mostrar aos *outros*."

"Tenho o cabelo."

"Isso você disse. Talvez seja pouco."

"Se pá ele prefere acreditar que não, que não sou filho dele, que não fez um filho gay. Preferia ser corno. Preferia morrer a ter um filho gay, como disse o presidente em quem ele votou."

"E que você matou."

"Ironia. De novo."

"Seu pai nunca se incomodou com as coisas que o presidente disse sobre os negros? Comparando-os a mula de carga? 'Mulas que sabem sambar', como ele disse?"

"Não. Ele é daqueles que acham que racismo é *mimimi*."

"Sério?"

"Sim. Ele fala que meus avós surtaram quando ele quis casar com a minha mãe, porque ele era negro, e que ele foi e mostrou que era um negro direito. Que todo mundo devia fazer isso."

"Bom, é uma forma de ele se proteger do preconceito."

[Dá de ombros]

"Você era solidário quanto a isso, quanto ao preconceito que ele devia sentir, ainda que ele não admitisse?"

"Como assim?"

"Por exemplo... alguma vez que você saiu com seu pai, quando criança, alguém veio perguntar alguma coisa, ou desconfiou que ele não era seu pai, o que aquele homem negro estava fazendo com um menino branco?"

"Não... não que eu me lembre. Só tinha essa coisa de olhar... Talvez olhassem com desconfiança pra ele, mas eu achava que era comigo. Não tinha isso quando a gente saía com meu irmão junto, porque meu irmão era negro, digo, ainda é... negra, agora."

"Essa história passa muito por sua irmã."

"Sim..." [Dá de ombros] "Natural. É minha irmã."

"Passa mais por ela e por seu pai do que por sua mãe. Você falou pouco de sua mãe."

"É que não tem muito o que falar... Minha mãe é uma mulher bem sem personalidade."

[Ri] "Eu nunca vi ninguém se referir à própria mãe assim."

[Dá de ombros] "Mas é verdade."

"Normalmente dizem 'minha mãe tem personalidade forte'; parece que todas as mães têm personalidade forte, um óvulo vitorioso, ainda que a competição se dê entre os espermatozoides..."

"A minha não."

"Você disse que era uma mulher bem direita, fascista. E professora."

[Dá de ombros] "Ironia."

"Não, isso não acho que se encaixe tanto como 'ironia'."

"Sortilégio?"

"Como assim?"

"Deixa pra lá..."

"Chamou de 'sortilégio'?"

"Sei lá..." [Ri]

"Sortilégio seria algo como artimanha, sedução, não acho que se encaixe aqui."

"Tô ligado. Falei por falar."

"Não é vergonha você não saber."
"Eu sei."
"Você só tem dezesseis anos."
"Mas matei o presidente."
"Até as renas podem matar."
[Fecha a cara]
"Mas não o presidente. Uma rena não pode matar o presidente. Bem, até pode. Poderia acontecer, na Escandinávia. Acho que não seria completamente inverossímil a manchete: *Rena Mata o Presidente da Finlândia*."
"E *Veado Mata o Presidente do Brasil*?"
"Bem, essa, convenhamos, é capaz até que já tenha sido publicada, de repente em algum país do Leste Europeu, da antiga União Soviética... Na Finlândia não, eu não acredito, que é um país mais progressista."
"Saiu manchete sobre mim nesses países?"
"Provavelmente, não? Você matou o presidente do Brasil. É um feito extraordinário, como você mesmo disse."
"O feito eu até sei. Mas o Brasil interessa tanto assim?"
[Ri] "Interessa, não tanto, mas interessa. Os jornais têm páginas para ocupar, os feirantes têm peixes para embrulhar... Tem essa guerra aí, na Ucrânia, que talvez tenha ofuscado um pouco seu feito por lá. Mas até durante a guerra ainda há peixes para embrulhar... Ou corpos."
"Poxa."
"Só que não usariam o termo *veado*. Isso acho que é só aqui, no Brasil. O veado, o bicho, o chifre, tem outras conotações bem diferentes em outros países. É um animal viril, masculino, como o cavalo..."

"Tu disse. Quem diria..."

"Aparentemente, a associação de veado com homossexual, no Brasil, vem da palavra *transviado*, que daí virou *viado*, que virou o bicho."

"Como Renato, Rena."

"Isso, e o nariz vermelho."

"Mas, assim, se o cavalo também é um bicho masculino e se o chifre é um sinal de masculinidade, nesses países aí, por que cavalo com chifre é coisa de veado?"

"Nossa, Renato, foi longe..."

"Unicórnio é gay..."

"Unicórnio não existe, diferente das renas."

"É como os dinossauros?"

"Não, os dinossauros existiram, e foram extintos. Unicórnio nunca existiu, sempre foi coisa de fantasia."

"E fantasia é coisa de viado."

"Talvez."

"Tá. Então, como sairia em inglês?"

"O quê?"

"As notícias, sobre mim. Se não usam *veado*, como seria?"

"Algo como *Teenage Loner Kills the President of Brazil*? 'Adolescente solitário mata o presidente do Brasil.' Ou *Brazilian President Killed by Incel*?"

"Tu disse que tô mais pra terrorista do que pra incel."

"Ainda estou tentando decidir. Você não quer falar da sua vida sexual..."

"É porque ela não existe."

"Então incel."

[Fecha a cara]

[Ri] "Não, a gente ainda está decidindo, não é? Mas as manchetes talvez prefiram ir por esse caminho. Talvez para ser terrorista você teria de ter a pele mais escura... estar ligado a um grupo. Suas motivações parecem bastante individualistas, apesar das repercussões políticas e sociais. Você pensou nessas repercussões?"

"Claro, né? Por que iria escolher justo o presidente?"

"Para chamar o máximo de atenção para si mesmo? Por ser a pessoa mais importante do país?"

"Daí era melhor eu matar a Anitta."

"Se você matasse a Anitta, seria admirado por muitas das pessoas que você odeia. Talvez até o presidente. O presidente secretamente poderia te admirar. Provavelmente você seria considerado um jovem extremista de direita."

"Eu escolhi o presidente por representar tudo o que há de mais fodido nesse país. Tudo o que eu odeio nos meus colegas, nos meus pais, nessa sociedade de merda, é representado pelo presidente."

"Hum, entendo... interessante. Sim, esse pode ser um viés do terrorismo... Mas ainda quero entender melhor como você agiu, como tomou a decisão, que ajuda teve, para decidirmos."

"Fiz tudo sozinho."

"Mesmo? Não está protegendo alguém?"

"Não acha que eu seria capaz?!"

"Acho. Acho que fez tudo sozinho. Mas todos devem estar se perguntando, investigando, investigando seus pais, sua irmã..."

"Eu deixei uma carta, contando tudo, no caso da minha morte."

"Escrita à mão?"

"Não. No computador... Até pensei em escrever à mão, mas minha letra é zoada, tava tudo rasurado. Joguei fora e fiz um doc no computador."

"Jogou fora onde?"

"Oi?"

"A carta, que rasurou, jogou fora onde?"

[Dá de ombros] "No lixo."

"Que lixo?"

"Sei lá. Acho que no cesto de lixo do meu quarto."

"Isso é bom. Podem encontrar lá."

"Não tem como não encontrarem no meu PC."

"É, porque provavelmente é a primeira coisa que vão examinar. Só que um doc não tem como provar que foi escrito por você. É diferente com sua letra."

"Quem ia escrever um doc no meu PC?"

"Seus pais?"

"Eles não têm a senha."

"A polícia não sabe disso. E uma senha de PC qualquer um pode quebrar."

"Não meus pais. Por isso deixei a senha, pra só a polícia entrar. Até pensei em tirar, deixar o PC aberto, mas meus pais podiam abrir e apagar a carta."

"Seus pais poderiam arrumar um vizinho que fizesse isso..."

"Acho que eles não iam pensar nisso..."

"O que eles pensariam não importa tanto. O que importa é o que a polícia pensa que eles poderiam fazer."

"Por que meus pais iam escrever um doc colocando toda a culpa em mim?"

"Se fossem parte de uma célula terrorista, poderiam escolher você como mártir, sacrifício em nome de uma causa. E os outros seriam poupados."

"Mas os grupos terroristas não correm pra assumir os atentados?"

"É, isso é verdade. Garoto esperto. Fez o dever de casa."

"E pelas coisas que eu conto, podem confirmar que fui eu que escrevi. Se pá podem até confirmar examinando as teclas do teclado, minhas impressões..."

[Ri] "Renato, não acho que examinando as teclas eles possam identificar o que você escreveu. Suas digitais devem estar em todas elas, borradas em centenas de impressões, com restos de esmegma e gordura vegetal hidrogenada."

"Que nojo, cara."

"É difícil para as pessoas acreditarem que um adolescente de dezesseis anos possa matar o presidente sozinho."

"Por quê? O presidente era burro pra caralho."

[Ri] "Pode ser, ainda assim..."

"Era mais fácil eu matar o presidente do que meus colegas de escola."

"Por quê?"

"Porque ele era só um. E burro."

"Seus colegas são mais espertos?"

"Nem todos. Mas são vários... A parada é que pra impressionar mesmo eu teria que matar *vários* colegas. O presidente era um só."

"Entendo. A pessoa mais importante do país... depois da Anitta."

"Não viaja."

"Bem, ele podia ser burro, mas não estava sozinho. Tinha treinamento militar. E seguranças, apoiadores, toda uma multidão..."

"Ainda assim, burro, porque deixaria um guri como eu chegar perto dele com uma arma. Depois... depois do disparo, não importava. Eu não esperava sair vivo mesmo."

"Sabe... Gostaria de entender melhor essa sua satisfação póstuma. De ser reconhecido, ser compreendido por seus pais. Você esperava desfrutar disso de alguma forma? Num outro plano, talvez? Você tem alguma crença religiosa?"

"Não. E se tivesse, eu só poderia ir pro Inferno, né?"

"Não necessariamente. Se suas ações fossem justificadas..."

"Por ter matado um filho da puta."

"Tipo isso."

"Eu não acredito em nada. Acho que morreu, acabou. Eu só queria ficar em paz sabendo que terminei fazendo algo foda. Eu não via mais sentido em continuar com a minha vida..."

"Podia tentar outra. Arrumar um emprego, sair de casa."

"Tenho dezesseis anos."

"Alguns saem mais cedo."

"Sair de casa pra onde, se esse país todo é filho da puta que elege um bosta como ele?"

"Entendo. E tem outro país a que você gostaria de ir, visitar, morar?"

"Não. O mundo todo é filho da puta."

"Niilista."

"Oi?"

"Já saiu do país?"

"Claro que não. Minha família é pobre."

"Queria sair?"

[Dá de ombros]

"De repente Estados Unidos? Disney?"

"Lixo capitalista."

[Ri] "Isso parece uma ideia que outra pessoa colocou na sua cabeça."

"Porra! Não me acha capaz nem de ter minhas próprias ideias?!"

"A Marvel pertence à Disney, Renato…"

"E daí, não sou marvete fanático. Curto mais Homem-Aranha, que nem é bem Marvel…"

"Nem é bem Disney, você quer dizer."

"Não sou fã do Mickey!"

"Tudo bem. Você diz que seus pais são fascistas…"

"Sim, minha família toda."

"Por que diz isso?"

"São preconceituosos, conservadores, votaram no presidente…"

"E você não?"

"Bom, eu nem votei, não tinha idade ainda."

"Não, digo, você não é preconceituoso, conservador?"

"Não, claro que não, eu não me meto na vida dos outros. Eu cuido da minha vida. Eu não digo como os outros devem viver..."

"Isso é trabalho dos pais. É trabalho dos pais dizer como os filhos devem viver, enquanto ainda são menores..."

"'Enquanto tu viver sobre este teto, vai ter que obedecer minhas regras', é o que minha mãe diz."

"Você mora na laje?"

"Oi? Na laje, por quê?"

"Vive *sobre* o teto... Não é *sob*?"

"Ah, é isso o que minha mãe fala..."

"A professora de português?"

"Minha mãe não é muito inteligente, cara, votou no coiso, lembra?"

"E você é inteligente, não é conservador... De onde acha que tirou isso?"

"Não sei." [Dá de ombros] "Nasci assim."

"Então vamos voltar. Você acha que a vida é uma droga e que não há nada após a morte?"

"Acho... Quer dizer... Sabe que uma vez eu descobri?"

"Descobriu o quê?"

"O que existe depois da morte."

"Sério? Bem, teria ganhado mais abrindo uma igreja."

"Não, saca só: eu tava no carro com meus pais e minha irmã, acho que voltando da praia, da ilha..."

"Então vocês viajavam todos juntos?"

"Deixa eu terminar. Eu tava no carro com meus pais, minha irmã, na BR. Minha irmã era criança ainda. Meus pais tavam tretando, não lembro bem o porquê, mas se a gente tava tudo no mesmo carro não tinha como eles não estarem tretando. Daí, da outra pista, veio vindo um caminhão. Eu tentei avisar meu pai pra prestar atenção na estrada, ele tava meio saindo da pista, e o caminhão era enorme, tipo um monstro, foi chegando, chegando, e eu vi que não tinha como desviar, mesmo se a gente estivesse na pista certa. Daí, no último segundo, antes de a gente bater, eu pensei: 'porra, agora vou descobrir o que acontece depois da morte'."

"E descobriu."

"Sim."

"Você acordou."

"Exatamente. Como tu sabe?"

"Já morri algumas vezes."

"É, bem isso. No momento em que o caminhão ia bater, eu tinha tanta certeza de que finalmente ia descobrir o que vinha depois. E o que aconteceu foi que acordei de um sonho. E se toda morte não é isso?"

"É uma boa teoria. Era o que você esperava que acontecesse depois de matar o presidente, acordar de um sonho?"

"De um pesadelo, só se fosse."

"O caminhão maior do que a via..."

"Eu não esperava acordar, não, que pesadelo maior seria reviver tudo de novo, restartar tudo de novo..."

"A vida apenas como um sonho. A morte apenas como um despertar..."

"Tá brisando aí..."

"É. Vamos voltar à religião. Sua família é religiosa? Você foi criado na igreja?"

"Mais ou menos. É religiosa na fala, né, tudo hipocrisia. Minha mãe começou a ir mais na igreja agora, nos últimos anos, acho que era uma desculpa pra sair de casa na pandemia, ver gente. Igreja evangélica. Meu pai sempre falou que era cristão e nunca frequentou."

"E vocês, os filhos?"

"Eu fui uma vez ou outra, na infância. A gente não frequentou muito, não. Agora que minha mãe voltou, acho que ela nem fez questão que eu fosse, porque ia ter vergonha de levar um filho gay."

"Ela não pensou em terapia de conversão, algo assim?"

"Tipo exorcismo?"

[Ri] "Acho que não é para tanto. Algumas igrejas oferecem esse serviço de... aconselhamento a jovens."

"Eu nunca fui guri de igreja. Não é por aí..."

"Foi guri do quê?"

"Te disse, games, PC, trancado no quarto basicamente..."

"Morando na praia, num destino turístico como Florianópolis..."

"Morei em Florianópolis só até uns nove. Palhoça não é tão bonito... E, te disse, nunca curti praia."

"Teus pais não estranhavam isso? Não te levaram a um psicólogo?"

"Meus pais estranhavam tudo, mas psicólogo pra eles é coisa de maluco..."

"Bem, a praia em si poderia ter sido uma terapia, surfe…"

"Não gosto de praia."

"Muitos gays gostam."

"Muitos gays votaram no presidente. Tem de tudo."

"Claro… Ainda quero entender como você define sua identidade: gay, agênero, assexuado."

"São coisas diferentes."

"Então comecemos com gay, seria um homem que gosta de homens."

"Isso, ou um menino que gosta de meninos. Alguém que gosta de alguém do mesmo sexo."

"Mas considerando você como não binário, alguém do mesmo sexo seria apenas um não binário?"

"Acho que dá pra considerar pelo gênero, de nascença… Eu gosto de guris… como eu."

"Hum… e que guris seriam como você? De quem você gosta? Já teve um namorado?"

"Claro que não."

"Você é virgem?"

[Cora] "Claro que sou."

"Claro por quê?"

"Quem iria me querer?"

"Ah, pobrezinho… Bem, Renato, te digo, agora, matando o presidente, não deve faltar gente querendo transar com você."

"Ironia."

"Você deve estar bombando de seguidores no Instagram…"

"Impossível. Meu perfil é fechado, rá!"

"Tudo bem. Mas antes, poderia ter havido muitas oportunidades para você perder a virgindade..."

"Tipo qual? Eu não saio de casa."

"Ainda assim, seu pai, seu irmão..."

"Cara, tu tem demência?"

"Ser vítima de abuso também é algo comum. Encaixaria no seu perfil."

"Isso eu não fui."

"Tem certeza?"

"Como assim?"

"Você teve problemas no parto, na maternidade?"

"Tá tirando com a minha cara?"

"Estou. Vamos voltar. Seu pai tem problemas com bebida?"

"Meu pai é *dono* de um bar, como ele poderia ter *problemas* com bebida? Problema com bebida pra ele é se uma entrega de cerveja vem choca."

"E não teve nada de hipocrisia dele, digamos, *tocar* em você, e se considerar o macho alfa?"

"Não, cara, que nojo."

"Nem seu irmão, antes de ser irmã?"

"Não. Um guri só pode se considerar gay se foi abusado?"

"Não, mas como você sabe que é gay, se não teve nenhuma experiência homossexual?"

"Porra, já percebi que tu não sabe de porra nenhuma."

"Estou aqui justamente para isso."

"Pra quê, me foder?"

"Para entender."

"Como tu sabe que é hétero?"

"Quem disse que sou hétero?"

"Então tu sabe muito bem."

"Quero saber de você. Sua confirmação."

"Eu só sei... Desde pequeno... Teve as brincadeiras com meu primo, o Reinaldo..."

"Sua família gosta desse reino fonético... Era o primo do coelho?"

"Sim. Cresci mais próximo dele do que do meu irmão, ele morava no mesmo terreno, e tem um ano a menos..."

"E que brincadeiras faziam?"

[Dá de ombros] "Coisa de guri. Às vezes de pegar no pinto um do outro. Até chupar..."

"E se considera virgem?"

"Não era sexo. Não tinha nem beijo. Era brincadeira. A gente era bem pequeno, nem gozava ainda..."

"Que idade?"

"Uns oito, nove... Até uns nove, dez..."

"E depois?"

"Depois não fiz mais nada..."

"Seu primo não quis mais? Você não quis mais?"

"A gente splitou."

"Como assim?"

"A gente se mudou pra Palhoça, né? E se distanciou também, nos gostos... Hoje em dia só vejo no Natal. Ele virou guri de igreja, engordou. Tá bem gordo."

"Ahhh, então foi você quem dispensou o primo com quem *brincava*, por ele ter engordado?"

"Não, a gente se distanciou mesmo. Bom, eu me distanciei de todo mundo…"

"Por quê?"

[Dá de ombros] "Natural. A vida."

"Não teve um trauma, um motivo?"

"Não, eu só… comecei a me tornar eu mesmo…"

"Entendo."

"Quando a gente é guri, ainda tenta se encaixar, tem que se encaixar, não pode fazer as próprias escolhas, ser a gente mesmo. Os pais decidem aonde a gente vai, como vai passar o tempo… Eu nem podia ficar sozinho quando era menor. Quando meus pais não tavam em casa, eu tinha que ficar com minha tia, meus primos. Eles moravam no mesmo terreno, mas eu não podia ficar sozinho no meu quarto, tinha que ficar com meu primo."

"O Reinaldo, do coelho, com quem você fazia essas brincadeiras…"

"Isso. Depois que fiquei maior, me deixaram ficar em paz, sozinho."

"E você não ficou em paz…"

[Dá de ombros]

"Acabou pensando em se matar, matar seus colegas, matou o presidente."

"Não foi porque fiquei sozinho."

"Será? Teve muito tempo para pensar, encher a cabeça de ideias…"

"Ficar sozinho só me fez perceber como eram ruins os momentos em que eu tinha que ficar com meus colegas, minha família."

"Entendo."

"Principalmente com a pandemia. Depois que fiquei tanto tempo estudando em casa, voltar pra escola foi uma tortura."

"Me conte sobre isso. Como era na escola?"

"Uma tortura, como eu disse."

"Sempre?"

"Sempre... Quer dizer, quando eu era menor, até que dava pra aguentar. Eu preferia ficar em casa, assistindo desenho, mas pelo menos não me incomodavam tanto na escola. Eu ficava na minha baia de boa."

"Não tinha amigos?"

"Tinha um ou outro... Algumas gurias. O Nicolas, que também curtia *Ben 10*."

"E das aulas, você gostava? Dos professores?"

"Tinha uma professora que eu adorava, a tia Regina, do terceiro ano. Era tão bonita... Parecia a Mulher-Maravilha, sabe? Gal Gadot?"

"Péssima atriz..."

[Ri] "Tu não é fã da DC?"

"Continue."

"Até achei que tava apaixonado. Por mulher, se liga." [Ri] "Mas nunca mais vi."

"Nunca mais viu por quê?"

"O quê?"

"Por quê, a tia Regina, nunca mais viu?"

[Dá de ombros] "Não sei. Professora. A gente nunca mais vê."

"Entendo. É uma relação triste. Para as crianças pequenas, a professora muitas vezes acaba cumprindo esses vários papéis, a mãe, mulher-maravilha, primeira namorada, mas é só um trabalho. Ano seguinte elas passam para outra turma, como pais adotivos devolvendo um filho ao orfanato."

"Cara, tu viaja muito... mas é tipo isso."

"Você é um bom aluno?"

"Sou ok... Nunca fui o melhor da classe. Minha letra é zoada, não sou muito organizado. Mas sou ok em matemática, e gosto de escrever... Eu tiro, tipo, oito, na redação, falam que eu sou criativo. Quem tira dez é as gurias com a letra perfeitinha que escrevem bobagens tipo 'precisamos salvar as tartarugas', né?"

"Acha bobagem salvar as tartarugas?"

"Não é esse o ponto."

"Mas gosta de animais?"

"Gosto... no prato." [Ri]

"Então não é vegetariano."

"Não, isso é coisa pra rico. Eu como o que tem."

"Come pouco, pelo jeito."

[Dá de ombros] "Eu como muita besteira..."

"E animais de estimação, não tem?"

"Não. Tive um cachorro, o Magrelinho... Quer dizer, era de todo mundo, da casa, do lote, quando morava em Florianópolis. Eu gostava de dizer que era meu cachorro, mas era mais da minha tia. Ele gostava mais dela, saía correndo de mim quando ela chegava, porque ela que dava comida. Ele nem ligava muito pra mim."

"*Pobrecito*, nem o cachorro gostava de você..."

"Tô falando sério."

"Então você deu cabo do cachorro?"

"Quê? Acha que eu sou doente?"

"É comum... Você não torturava animais na infância?"

"Claro que não."

"Nem um Tamagotchi?"

"Ahhh... Tu tá me trolando, né?"

"Voltando à escola. A coisa começou a piorar na adolescência..."

"Tamagotchi eu sei o que é. Aquele bichinho de celular."

"Na escola, quando a coisa começou a ficar pesada?"

"Lá pelo oitavo ano. Os guris começaram a implicar com meu jeito. Já não me deixavam ficar quieto no meu canto."

"O que eles faziam?"

"Alopravam, me chamavam de Rena do Nariz Vermelho. Faziam desenho na lousa de mim com chifres... Uma vez colaram um chifre de papel com cola na minha cabeça. Tive que cortar o cabelo."

"Para tirar os chifres?"

"Pra tirar a cola."

"E os professores, a direção, não diziam nada?"

"Não. Acho que nem ligavam, nem sabiam. Eles não prestam muita atenção nessas coisas."

"Você poderia ter reclamado..."

"Não é assim que funciona."

"É sim, é assim que funciona. Ainda assim, entendo que vocês nunca se queixem, que se fechem num universo próprio de leis dos alunos, do qual os adultos não fazem parte e não podem interferir."

"Tipo isso."

"Não reclamava para seus pais também?"

"Claro que não."

"Por que 'claro que não'?"

"Iam achar que era frescura. Meu pai ia dizer pra eu virar homem, revidar, sei lá..."

"E por que não revidava?"

"Porque eu era um só. Eles eram vários."

"Entendo. Mais fácil matar o presidente."

"Isso."

"O que mais eles faziam com você?"

"Zoavam... implicavam. Eu não podia ir no banheiro... Os guris sempre entravam atrás... ficavam provocando..."

"Provocando como?"

"Tu sabe... Pediam pra eu pegar no pinto deles... Eu não conseguia nem mijar em paz. Uma vez, um moleque, o Jeferson, mijou no meu tênis. Tive que lavar na pia e ficar o dia todo com o tênis molhado. Tentei ficar descalço até secar, mas o professor de história disse: 'Tu não tá na praia, Renato'. Os guris só riram."

"Era uma oportunidade de contar a um adulto o que estava acontecendo..."

[Dá de ombros] "Eu tinha vergonha."

"E essas provocações... os meninos chegaram a fazer alguma coisa com você? Digo, sexualmente?"

"Não. Eu passei a ir o mínimo possível no banheiro. Tentava segurar. Não bebia nem água, pra não ter vontade... Fazer o número dois não dava nem pra pensar..."

"Por que não?"

"Porque as cabines nem fechavam direito. Os fechos todos quebrados. E o banheiro era um nojo."

"Era colégio público?"

"Sim, em Palhoça, Escola Estadual Thomas Schimidt."

"Muitas escolas mantêm os banheiros masculinos assim exatamente para inibir a atividade sexual, sabia?"

"Sério? Bom, não é isso que ia impedir os guris. Eles iam me colocar no reservado e segurar a porta..."

"Você fala como se tivesse acontecido."

"Eles tentavam. Mas eu escapava."

"Você se arrepende?"

"Do quê?"

"De ter escapado."

"Claro que não! Nunca que eu ia fazer nada com aqueles moleques!"

"Por que não? Você é gay, eles tinham sua idade..."

"Mas era abuso!"

"Se você quisesse, não seria."

"..."

"Daí talvez não estivéssemos aqui. Você não teria matado o presidente."

"Nada a ver. Eles tentaram abusar de mim. Se tivessem abusado seria ainda pior, eu teria mais raiva."

"Você não seria mais virgem. É preciso um virgem para matar o dragão."

"Cara, tu viaja..."

"Você não seria um incel, um celibatário involuntário..."

"Seria um terrorista. Um terrorista voluntário."

"Talvez... Mas e seu irmão, na escola, não via nada disso?"

"Ele já tava no ensino médio. Era outra parte do prédio. A gente mal se via."

"E ele não passava por coisa semelhante, não zoavam com ele?"

"Não, acho que não. Porque no ensino médio ele já era amigo das lésbicas, tinha outros gays, até um menino trans. Ele tinha a turma dele."

"E antes, no fundamental, ele não sofreu preconceito?"

"Acho que não. A gente é diferente. Se algum guri viesse mexer com ele no banheiro, ele ia curtir."

"Tem certeza disso?"

"Tenho. É um pouco por isso que os moleques me provocavam. Falavam pra eu fazer que nem meu irmão. Que era de família..."

"Seu irmão não se assumiu mulher na escola?"

"Não exatamente. Ele já era bem menina, mas tinha que responder chamada como Renan, vestir uniforme. Foi quando ele terminou o ensino médio que assumiu de vez."

"Entendo. Pelo menos ele conseguiu terminar os estudos."

"Do que adiantou? Virou puta."

"Ela te contou isso?"

"Não, mas eu sei."

"Sabe como?"

"No ensino médio já tinha boatos. Que ele tinha chupado um professor pra passar na prova... E começaram a vazar fotos..."

"Fotos pornográficas?"

"É. Pelado, batendo punheta, chupando. Ele vendia esses packs na internet, pra caras mais velhos, de outros estados."

"É uma geração que sabe monetizar, não é? Faz uma dancinha em frente ao celular e espera lucrar com isso."

"Bem isso."

"Você nunca fez nada assim?"

"Vender pack de putaria?"

"Tentar ganhar dinheiro com internet."

"Ah... Eu tinha um canal de streaming de LOL na Twitch. Mas nunca teve muitos seguidores. Daí os guris da escola descobriram e começaram a zoar, e eu deletei. Por isso fechei meu Insta também."

"E seu irmão, irmã, ganha muito dinheiro com isso?"

"Começou a ganhar mais depois que ficou de maior. Daí começou a viajar, fazer programa mesmo... Sabe como eu sei?"

"Como?"

"Porque achei ele, ela, no Grindr. É um aplicativo pra encontros gays..."

"Eu sei o que é."

"Fiz um perfil falso. Puxei papo com ela. Daí favoritei."

"Como assim?"

"É assim: o app só mostra quem tá perto de ti, os gays perto da tua casa. Mas quando tu coloca um no favorito, tu sempre pode ver e falar com ele, não importa onde teja."

"Entendo."

"Daí é como se eu tivesse colocado um GPS nele, nela. O aplicativo mostra a que distância ela tá. Daí sei quando ela tá em Florianópolis, em São Paulo..."

"Não é mais fácil perguntar?"

"A gente nunca foi próximo, te disse."

"Então você fica stalkeando sua própria irmã."

"Tipo isso. É uma forma de segurança também."

"Por quê?"

"Ela se mete em muita putaria... Droga, suruba..."

"Soube disso falando com ela com perfil falso?"

"Não. Nem preciso falar. É a descrição do perfil dela. Tá sempre mudando. Tem dias com raiozinho — que significa que tá com cocaína. Tem dia que ela até coloca: *Putinha do sul: últimos dias em São Paulo.*"

"Que coisa... Você nunca tentou ajudar?"

"Ajudar como? Mais fácil ela me ajudar."

"E por que disse que é uma forma de segurança?"

"Porque se acontecer alguma coisa com ela, se ela sumir, eu sei onde ela esteve pela última vez. Mais ou menos a localização..."

"Entendo. Engenhoso. É como se tivesse colocado mesmo um GPS nela."

"Um GPS na gp..." [Ri]

"O que acha que ela está pensando sobre você agora, depois do que você fez?"

"Acho que tá com orgulho."

"Não está com medo?"

"Com medo, por quê?"

"Ela é uma mulher trans, negra, irmã do assassino do presidente. Não teria como ela ser mais alvo de ódio."

"Ninguém sabe que ela é minha irmã."

"*Todo mundo* sabe, Renato. Seus colegas de escola sabiam; os apoiadores do presidente não teriam o menor trabalho em descobrir tudo sobre sua família, seus pais..."

[Dá de ombros] "Meus pais apoiam o presidente."

"E agora serão perseguidos pelos apoiadores dele. Ironia."

"Eles cavaram o próprio túmulo."

"Não se importa se eles forem perseguidos, mortos?"

"Eles cavaram o próprio túmulo."

"Tá. Me conte mais da sua mãe. Você me disse que ela é branca, descendente de alemães, fascista, religiosa, professora e se casou com um negro..."

"Ironia."

"Daí acho que seria mais para *paradoxo*, ou apenas uma leve contradição..."

"Ter casado com meu pai foi só uma maneira de ela mostrar que não tem preconceito, mesmo tendo."

"Não creio que muitos racistas fariam todo esse esforço..."

"Gente como ela faz tudo pra mostrar que é direita, de bem, mesmo não sendo."

"Como é mesmo o nome dela?"

[Ri]

"O quê?"

"Tu vai achar que é zoeira..."

"Como... Marijuana?"

"Dilma, cara."

"Dilma, que casou com Luiz Inácio."

"Juro."

"Onde eles se conheceram, num comício do Partido dos Trabalhadores?"

"Acho que foi na igreja."

"Na igreja evangélica?"

"Acho que na época era católica... não, acho que evangélica."

"Ela era uma mulher bonita?"

"Acho que meio sem-sal... Mas era loira. Meu pai era bem bonito..."

"Mas era negro."

"Tipo isso."

"Frequentavam a mesma igreja, seu pai se interessou por ela, de repente estavam casados..."

"Acho que por aí."

"Quanto tempo depois sua irmã nasceu?"

"Cara, eu não sei, mas acho que demorou..."

"Sua mãe não se casou grávida?"

"Não, acho que não... Não, certeza. Eles têm mais de vinte anos de casados. Comemoraram vinte anos quando eu tinha uns doze. Quer dizer, comemoraram naquelas..."

"Então eles têm uns vinte e quatro anos de casados."

"Isso."

"Casaram-se no final dos anos noventa então... Luiz Inácio já era bem conhecido... Dilma nem tanto..."

"Como assim?"

"Estava pensando, se foi uma atração programada, pelos nomes, um acidente inevitável... Tipo uma Bonnie que conhece um Clyde e se sente na obrigação de se apaixonar, e transgredir. Ou apenas uma Colombina que encontra um Pierrot no Carnaval e pensa: 'Ah, já que estamos aqui...'."

"Cara, tu não fala coisa com coisa..."

"Desculpe. Sua irmã tem dezenove."

"É."

"Eles demoraram cinco anos para ter o primeiro filho?"

"Pode ser, por quê?"

"Um pouco atípico, não acha? Principalmente para quem se conheceu na igreja..."

"Talvez... Agora que tu falou... Nunca tinha parado pra pensar."

"Mas voltando, você falava que sua mãe, Dilma, é fascista."

"Ela não gosta de gay, não gosta de trans, não gosta de preto."

"Não gosta da própria filha?"

"Não, claro que não. E nem dos parentes do meu pai, meus tios..."

"Ela não tem nenhum amigo gay, de repente um colega professor?"

"Minha mãe não tem muitos amigos... Acho que o único gay que ela conhece é o cabeleireiro dela... Digo, assumido... Porque na igreja deve ter vários, né?"

"Então por que você não frequenta a igreja?"

"Eu vou lá querer saber de gay de igreja? Aqueles que cantam: *'Sou meninooo, menino masculino...'.*" [Ri] "Minha irmã adora essa música, por sinal."

"Não é uma música homofóbica?"

"Transfóbica. Mas minha irmã ouvia só na chacota. Funcionava. Minha mãe ficava puta."

"Então, para sua mãe gay é só o cabeleireiro."

"Isso. Fora de casa. Bem longe. Na ilha, ilha da magia."

"Mas talvez ela tenha agradecido de o segundo filho nascer branco... o renascido..."

"Quando eu era menor, sim. Depois acho que a decepção foi maior. Ela esperava que eu fosse o filho branco perfeito dela. Depois viu que isso não fazia diferença."

"E por que você a decepcionou?"

"Oi?"

"Você, o filho homem, branco, por que não foi o que sua mãe esperava?"

"Eu... Acho que só nasci errado. Nasci gay, né?"

"A homossexualidade era só o que havia de errado?"

"Pra ela, se pá..."

"Mas como a sexualidade poderia ser o maior erro, se você nem tem uma vida sexual? Como ela sabe da sua condição?"

"Ué, é só olhar pra mim."

"Você me parece um adolescente típico, bem típico até..."

"Eu sempre fui diferente. Mãe sabe."

"Nem todas. Tem tanta mãe que não enxerga... Ela flagrou alguma vez você com seu primo? Alguém flagrou?"

"Não, a gente tomava cuidado. A gente sabia que era errado. Não tinha maldade, mas a gente sabia que era errado."

"Certamente sua mãe não esperava que você fosse matar o presidente?"

"Não. Acho que isso ninguém nunca espera. Por isso que eu fiz."

"Você podia ter aparecido com uma namorada grávida, isso ninguém esperaria..."

"Mais fácil matar o presidente."

"É o que parece. Voltando à sua mãe, como é a relação dela com seu pai?"

"Não tem relação."

"Não? Teve duas, pelo menos..."

"Oi?"

"Dois filhos."

"Pfff, faz tempo. Eles nem dormem mais no mesmo quarto."

"Discutem muito?"

"Não, discutiam mais quando minha irmã tava em casa. Depois que ela foi embora, acho que desistiram. Meu pai pegou o quarto dela."

"E como é a relação da sua mãe com seus avós, os pais do seu pai? Eles são negros, não são?"

"Sim. Bem negros."

"Bem negros? Retintos?"

"Não digo de cor, não só de cor, são bem negros de cor, mas têm essa coisa da cultura…"

"Cultura? Como assim?"

"Não sei… A gente se vê pouco. Eles são do Rio; geralmente meu pai vai visitar eles sozinho. Só tem minha avó agora. Meu avô já morreu."

"E seus avós maternos?"

"É que sempre fiquei com essa ideia de que meus parentes negros eram *bem negros*."

"Talvez por seus parentes brancos serem *tão* brancos?"

"É… Acho que é isso, sim."

"E pelo sotaque carioca?"

"Pode ser, é."

"Tudo bem. E por parte de mãe?"

"Moram na ilha ainda. Onde a gente morava. Têm um monte de casas por lá. Barra da Lagoa."

"Mas acabaram aceitando seu pai?"

"Naquelas. Tinha muita briga. Hoje meu pai não encontra muito com eles. Ou ele tá cuidando do bar ou passa férias no Rio, com a família dele."

"E como são com você?"

"Quem?"

"Seus parentes maternos."

"São ok, até. Gostavam mais do meu irmão…"

"Seu irmão, que hoje é irmã, e sempre foi negro?"

"Era uma forma de eles mostrarem que não tinham preconceito. Eram muito mais simpáticos com ele... Digo, quando ainda era *ele*, né? Depois que virou mulher, se afastou da família."

"E você, Renato, um menino branco, é simpático com eles? Sente-se em casa com seus parentes brancos? É simpático com seus parentes pretos?"

"Claro que não."

"Por quê, *claro que não*?"

"Porque são todos uns fascistas."

"Inclusive seus parentes pretos?"

[Dá de ombros] "Eu não falo muito com eles, te falei. Não estão nem aí pra mim."

"Agora devem estar. Acha que eles têm orgulho do que você fez?"

"Se tiverem, é tipo aquele primo que vira ator de novela, sabe? Que vai pro BBB? Primo de terceiro grau. Tu viu uma vez na vida. Mas se tá na novela tu tem que dizer que é seu primo..."

"Diz que é primo quem gosta de novela. Vai te assumir quem não gosta do presidente."

"Ou quem gosta, né?" [Ri] "Quem matou a novela ou o presidente da República, dá na mesma. O importante é estar na mídia. O importante é ser parente de alguém conhecido, pro bem ou pro mal."

"Hoje em dia você é mais conhecido do que os Beatles... ao menos no Brasil."

"Beatles é uma banda?"

"Um carro, que não fabricam mais."

"Não ligo pra carro."

"Não tem muita coisa para a qual você ligue."

[Dá de ombros] "É por isso que preferia morrer."

"E preferiu matar. Matar um presidente fascista. Como um bom terrorista, por ideais. Só não consegui enxergar direito ainda quais seriam esses ideais. Você critica sua família, seus colegas, a sociedade por ser fascista, mas não me parece particularmente simpático aos pretos, gays, transexuais — nem às tartarugas. Parece que nutre mais ódio por quem é contra esses grupos, do que simpatia pelas minorias."

"Sou um adolescente, meu ódio move muito mais do que minha simpatia."

"Essa frase é sua?"

"Claro que é, tá anotando?"

"Está tudo registrado, não se preocupe."

"Tu tá gravando? Tem algum gravador escondido? Câmera?"

"Essa conversa é só entre nós."

"Ah..."

"Está decepcionado? Queria contar sua história para o mundo?"

"Se pá..."

"De repente você poderá contar, vamos ver. A gente está aqui resolvendo isso."

"Tudo bem."

"Queria entender um pouco melhor esse seu ódio, sua apatia... Talvez seja só uma coisa química."

"Não uso drogas."

"Nem álcool, cigarro, balas Fini?"

[Ri] "Bala Fini eu adoro. Aquelas de ursinho."

"Prefiro Haribo. Mas estão cheias de química, os produtos ultraprocessados promovem um desequilíbrio no organismo, podem levar a um desequilíbrio mental, muito nuggets congelado…"

"Então matei o presidente porque comi muito nugget?"

"É uma teoria."

"Não sei então como ninguém chegou antes… Aliás, é disso que eu tinha mais medo, sabia? De que alguém chegasse antes."

"Por quê?"

"Porque é tão óbvio. O presidente num monte de aglomeração, abraçando gente, como ninguém tentou matar ele antes?"

"Até tentaram. Teve o atentado no Espírito Santo…"

"Aquilo foi fake, pra ele ganhar a eleição."

"É uma teoria também…"

"Como ninguém tentou dar um tiro antes?"

"É um país de maricas?"

"E assim, uma marica matou o presidente…"

[Ri] "Bem pensado. Mas não ficou com medo de que seu atentado desse mais força a ele?"

"Não, porque eu ia dar tiro. E não ia errar."

"Tem experiência com tiro?"

"Nem no *Call of Duty*." [Ri]

"Então como sabia que não ia errar?"

"Porque eu ia chegar bem perto; é isso que eu tô falando, não dava pra acreditar que o presidente deixava as pessoas chegarem tão perto."

"Um presidente tem que estar onde o povo está."

"Paia. Ainda mais no meio de uma pandemia..."

"Então você tinha medo de que alguém chegasse antes. Mas se alguém chegasse antes, o presidente poderia ser morto sem você ter de sujar as mãos."

"Tu não tá prestando atenção em nada do que eu digo. Por isso era bom tu anotar. Eu queria dar um sentido à *minha* vida e até à *minha* morte, por isso EU que tinha que matar o presidente."

"E agora está feliz?"

[Dá de ombros]

"Devia estar feliz. Foi tudo conforme seus planos. Conhece essa música?"

"Que música?"

"'Hoje eu tô feliz, matei o presidente', do Gabriel o Pensador."

"Ah, acho que ouvi. Ouvi quando tava pesquisando pra matar o presidente de verdade."

"Você procurava tutoriais de como matar o presidente?"

"Procurava histórias de quem já fez isso... Não tem muitas."

"Até tem, viu? Até tem..."

"Enfim, achei essa música aí... Mas não sou muito fã de rap."

"Claro que não é."

[Dá de ombros]

"Deve ser mesmo uma coisa química, sua impossibilidade de ser feliz. Muito nugget, ou balas Fini."

"Eu bebi um pouco no dia também."

"Opa..."

"Vodca, do meu pai."

"Para dar coragem?"

"Pra me deixar mais suave, na real."

"*Suave...*"

"Fiquei potando café. Daí fiquei muito pilhado."

"Entendo."

"Daí tomei vodca, pra rebater."

"Não deu um revertério?"

"Deu" [Ri] "Tive caganeira. Foi uma merda..."

"Literalmente."

"Fiquei com medo de fazer nas calças, quando encontrasse o presidente. Imagina, matar o presidente, ser morto e depois encontrarem meu corpo todo cagado?"

"*Presidente morto por adolescente cagão.*"

"Tipo isso."

"Mas não se cagou."

"Não, até a hora do comício melhorou."

"Era perto da sua casa?"

"Mais ou menos... Bom, bem mais perto do que Brasília, né? Eu tava planejando ir até Brasília."

"Cidade linda."

"Uma bosta de cidade, só tem corrupto."

"Você já foi?"

"Não, mas sempre vejo na TV."

"Ia ser um pouco difícil você ir, sozinho, sendo menor de idade."

"Pois é, comecei planejando isso. Pensei até em pegar carona."

"Da Grande Florianópolis até Brasília?"

"Ia ser trampo. Não ia aguentar. Ficar horas num caminhão, ouvindo música sertaneja..."

"Podia ser uma chance de perder a virgindade."

[Fecha a cara] "Tu é um tarado."

[Ri]

"Mas tinha medo disso também."

"Certo, vamos começar do começo, como começou o planejamento?"

"Começou com uma pira que eu tive."

"Uma inspiração?"

"É. Há muito tempo eu pensava em acabar com tudo, né? Queria morrer, mas não sabia muito como fazer. O start foi quando um amigo meu se matou."

"Hum, então teve um amigo..."

"De jogo. Eu não conhecia ele pessoalmente, na real. O Noid. Ele morava no cu do mundo."

"Analândia?"

"Não sei a cidade, lá no Acre..."

"Longe mesmo."

"Ele sempre falava em se matar. Que a cidade dele era uma merda, que os pais dele eram uns escrotos. Daí ele se matou de verdade."

"Ele se matou como?"

67

"Não sei... Ele sumiu. Daí vi no Insta dele, as pessoas comentando: 'Agora tu virou estrelinha', essas merdas, porque quando o cara morre, vira santo, né? Um bando de hipócritas. Como se ele estivesse lendo as mensagens, do céu, ou do Inferno, sei lá, depois de morto..."

"Acho que o pessoal comenta mais para a comunidade de amigos, a família, para se consolarem mutuamente."

"Hipocrisia."

"Pode ser, sim. E de você, ele não se despediu?"

"Não. Quer dizer, ele sempre falava que queria se matar... Mas no dia mesmo não falou nada."

"No dia ele fez."

"Bem isso. Não sei como. Queria saber. Isso o povo nunca fala..."

"Existe um consenso em não expor muito casos de suicídio, que podem motivar outros..."

"Claro, porque é muito fácil a gente querer quitar tudo."

"E você ficou triste?"

[...] "Fiquei mais com... inveja. Porque ele teve coragem, fez antes de mim. Acho que todo mundo ficou."

"Todo mundo quem?"

"Do nosso time, os quatro. Quer dizer, três, que ele morreu."

"Hum, então tinha um time..."

"De LOL. Eu, o Noid, o Pankado e o HunterNex."

"Que nomes..."

"São nicks, né? Nicks de game."

"E o seu, como era mesmo? Fênix, algo assim?"

"Phoenixxx_451"

"De onde tirou isso?"

"Ah, meio da história da fênix, que é uma ave que renasce das cinzas..."

"Sei da fênix. Mas o número?"

"É o que tinha. Tinham muitos outros Phoenix."

"Beleza, e os outros quatro?"

"Três. O Noid, o Pankado e o Hunter."

"Não eram cinco?"

"Por quê?"

"O jogo, você disse que eram cinco em cada time..."

"Ah, sim, mas são quatro da equipe que tu pode formar, o quinto vem de fora, aleatório..."

"Tá. Alguém mais se matou?"

"Não, porque daí seria copy-paste, né? O Noid fez primeiro."

"Entendo. E vocês incentivaram? Quando ele dizia que ia se matar... O que vocês diziam?"

"Acho que a gente não acreditava muito. Todo mundo sempre fala que vai se matar..."

"Todo mundo?"

"Ah, todo mundo que presta, né? Todo mundo que presta deve pensar em se matar nesse mundo de merda. Eu pensava sempre. Então normal que o Noid falasse. A gente não dava muita bola, na real, falava *podecrer, eu também*, essas coisas."

"E nem se sentiram culpados quando ele se matou de fato."

"Não. Como eu falei, a gente ficou mais com inveja. Foi mais do que qualquer um de nós tinha feito."

"O problema é que só dá para fazer uma vez, né? O maior feito, e o último. Não dá nem para aproveitar as consequências."

"É. Mas também não teve muita consequência, então a inveja durou pouco. Logo a gente se ligou que ninguém tava nem aí. Nem os pais dele. Pra eles deve ter sido um alívio."

"Por que você acha isso?"

"Porque vi o Insta da mãe dele. Poucos dias depois tava até fazendo churrasco."

"Hum, no Acre? O que é típico de churrasco no Acre?"

"Sei lá, cara... que pergunta..."

"Será que não foi ela que matou o filho?"

"Por quê, acha que o Noid não seria capaz?"

"Não conheço esse Noid... Como era o nome verdadeiro dele, afinal?"

"Não lembro... Acho que Christian... Cristiano... Algo assim."

"Quantos anos ele tinha?"

"Acho que dezessete."

"E a mãe nem ficou de luto..."

"Foi exatamente por isso que ele se matou, porque os pais não tavam nem aí. Só que nem se matando eles ligaram. Ironia."

"Ironia fraca."

"Só que com a gente... Ficou todo mundo na pilha de fazer algo mais foda."

"Entendo. Alguém fez?"

"Eu fiz, né?"

"Você fez. Então por isso que tinha medo de alguém chegar primeiro? De repente um de seus amigos?"

"Eles nunca teriam essa coragem. Não é qualquer um que teria culhão de fazer isso."

"Não mesmo."

"Mas não comentei nada disso com eles, pra não dar ideia. Por isso posso falar que não tive ajuda, que o clique foi meu."

"Entendo."

"O Pankado... Sabe o que o Pankado fez?"

"Não, me diga."

"Tentou matar a família inteira de covid." [Ri]

"Tossiu na mesa do café?"

"Quase isso! A família dele era negacionista, antivacina, ninguém se vacinou. E ele pegou covid."

"Ele não se vacinou?"

"Acho que ele sim."

"Por sinal, você se vacinou?"

"Vacinei. Acredita que meus pais não queriam? Meu pai falava que era coisa do governo chinês..."

"Que quem se vacina vira jacaré..."

"Pfff, não, nisso nem ele acreditava."

"Por que você se vacinou? Se queria morrer..."

"Ué, não queria morrer de covid."

"Por que não? Seria uma mensagem a seus pais antivacina."

"Não é assim, é difícil um adolescente morrer de covid..."

"Então você não precisava se vacinar."

"Cara, não era essa a mensagem que eu queria passar, tá?! Não era assim que eu queria morrer!"

"Não queria ser mais um entre centenas de milhares."

"Se eu queria dar um sentido à minha vida, não podia ser mais um..."

"Muito bem. Escolher a própria morte também é um privilégio."

"Que sorte eu tenho."

"Sua mãe se vacinou, você disse."

"Sim, porque ela teve que se vacinar, pela escola, mas ela falava que era melhor eu esperar, ver direito essa vacina, que não sabiam direito o que tavam fazendo. No final eu acabei indo num posto sozinho, e eles não pediram autorização nem nada. Quer ver meu comprovante?"

"Não precisa. Me fala desse seu amigo, o... Pancada?"

"Pankado. Ele se chama Tiago... acho."

"Muito bem, Tiago-Pankado."

"Ele já é de maior, acho que tem dezenove."

"Com esse nick... E pegou covid."

"Pegou. Pegou leve, mas pegou. Teve febre, tosse. Pegou na véspera de Natal, inclusive. Contou pra gente que não ia dar a real pra ninguém, que os pais iam falar que era só uma gripezinha. Então ele planejou ir na festa de Natal da família, que ele nunca ia, e abraçar todo mundo, beijar todo mundo, pra infectar o povo."

"O melhor da festa de Natal é a comida, e ele doente, sem paladar, iria só para abraçar a família..."

"Rá! Ironia!"

"Se ele chegasse com febre e tosse, todo mundo iria notar."

"Só que não! Tava com febre baixa, e levou um Halls pra segurar a tosse. O povo estranhou foi a simpatia." [Ri] "Ele abraçando todo mundo, beijando a vó, pedindo um gole da coca do primo."

"O que deu no final?"

"Aí que tá. Acho que não deu muito nada. Ele contou todo faceiro o que tinha feito. Daí foram passando os dias, a gente perguntando se alguém tinha ficado doente, e ele começou a mudar de assunto, disse que uma tia tinha dado positivo... Mas acho que ninguém foi internado, muito menos morreu."

"Que frustrante."

"Muito. Merda de plano."

"Então você teve um plano melhor..."

"Antes teve o Hunter."

"Ah, tem esse também. Hunter é de onde?"

"Juazeiro do Norte."

"E os outros? Quais são mesmo as idades e as cidades?"

"O Hunter tem quinze, de Juazeiro do Norte, que se chama Gibson. O Pankado que é o Tiago acho que tem dezenove, de São Paulo. E tinha o Noid de dezessete, do Acre."

"E o Phoenix, de dezesseis, da Grande Florianópolis."

"Isso. Não tão grande assim." [Ri]

"Eles também eram gays? Ou não binários?"

"Não, acho que não, pelo menos não falavam disso. Talvez o Pankado. Do Pankado eu desconfiava. Mas é também porque ele é meio riquinho, mimado. O ambiente dos games não é muito aberto pra isso…"

"Para isso o quê?"

"Pra falar de sexualidade… Ou de homossexualidade. É um ambiente meio homofóbico."

"Ainda assim, você se sentia à vontade?"

[Dá de ombros] "Eu não sou só a minha sexualidade. Nem faço sexo."

"E os outros? Eram todos virjões?"

"Acho que o Noid tinha namorada…"

"O Noid? Que se matou?"

"Vai ver não aguentava ela…" [Ri] "Não, acho que quem tinha namorada era o Tiago. Isso, era o Pankado. Talvez dissesse que tinha namorada pra gente não achar que era viado."

"Você não me parece conhecer tão bem esses seus amigos…"

"Não, te falei, eram só amigos de jogo."

"Não são cúmplices."

"Não, claro que não."

"E ainda assim, te inspiraram a fazer o que você fez."

"Normal. Tem gente que pega a pira num filme, né? Num game."

"Tá certo. Mas você ia contar do Gibson…"

"Então… o Gibson… fez a cagada de tentar um massacre na escola."

"Tipo Columbine?"

"Nos Estados Unidos?"

"Sim."

"É, mas tem essas coisas no Brasil também, saca?"

"Claro, é que não se fala muito sobre isso... Ou não se escreve muito sobre isso, talvez. Não faz tão parte da cultura..."

"Teve aquela parada do Rio, e do interior de São Paulo..."

"Sim, em Suzano. Foi daí que seu amigo tirou a ideia?"

[Dá de ombros] "Acho que o mais fácil é a gente tirar a ideia das nossas próprias escolas..."

"Você já viu *Elefante*?"

"É um filme sobre isso?"

"Sim."

"Não, eu vi *Precisamos falar sobre Kevin*, conhece?"

"Claro. Esse prefiro o livro."

"Tenho um puta crush no Kevin do filme..."

"Ezra Miller. Ele é do universo DC..."

"Isso! Faz o Flash. Mas o filme é uma bosta."

"O filme do Kevin?"

"Nãããão, o *Liga da Justiça*."

"Tenho de concordar. Nem a versão estendida."

"Nossa! A versão estendida. Dez horas daquela porra..."

"É, nem sombrio nem realista. Então... Prefere Tom Holland ou Ezra Miller?"

"Pergunta difícil... O Tom Holland é gostosinho, fofo. O Ezra Miller é todo queer... Dá pra fazer um trisal? Coloca o Timothée também..." [Ri]

"Você está se saindo muito bem para um virgem assexuado."

"Nah, não é que sou assexuado. É que sou homossexual não praticante." [Ri]

"Não tem crush em nenhum de seus amigos de jogo? No Pankado?"

"Não, eu nem conheço direito a cara deles. Mais o avatar."

"E no mundo real, na sua escola?"

[...] "Não."

"Demorou um pouco para responder."

"Bom, tem o Nicolas..."

"O Nicolas era...?"

"Meu amigo, desde a infância. Quer dizer, meu amigo *na* infância, depois deixou de ser. Foi o primeiro amigo que fiz na escola nova, quando mudei pra Palhoça. Quando tinha uns nove, dez, a gente gostava das mesmas coisas, anime, games..."

"E deixou de gostar?"

"Ele?"

"Vocês, deixaram de gostar das mesmas coisas?"

"Mais ou menos... Ele eu não sei muito. Eu ainda gosto de games, anime, mas outros games, outros animes."

"Entendi."

"Ele é mestiço. O pai dele é japonês. Então tinha essas coisas em comum... Coisa de otaku."

"É o que chamam de nerd, CDF, como você?"

"Eu não sou CDF, sou nerd, é diferente."

"Explique."

"CDF é quem curte estudar, quem curte escola... Nerd curte coisas da cultura pop, assim, de games, Marvel e tal."

"Todo adolescente, basicamente?"

"Não, porque o nerd se especializa, tipo, fica focado nisso, sabe? Os outros gostam de esportes, namoram, essas coisas..."

"O nerd é o adolescente malsucedido... se isso não é um pleonasmo?"

"O nerd é o adolescente focado em coisas que não dão futuro, basicamente."

"Ou seja, adolescente."

"Cara..."

"Tá, e esse seu amigo, o Nicolas, é dos nerds?"

"Mais ou menos. Mais quando era novo. Depois na adolescência ficou do time dos populares. Porque ele é muito bonito. E luta caratê."

"Você acha que ele é popular porque é bonito ou porque luta caratê?"

[Dá de ombros] "Os dois?"

"Se ele fosse bonito e fosse fraco?"

"Ah, daí provavelmente não seria tão popular... Não, iam era chamar de viadinho."

"E se fosse forte, mas feio?"

"Daí acho que tudo bem... Pelo menos entre os guris. Os guris mais populares são os mais feios. Quem liga pra beleza são as gurias, na real..."

"Sim, a beleza é uma commodity feminina, a força uma commodity masculina. O mundo é bem binário, Renato."

"Por isso eu não sou."

"Será que não? Você me parece bem binário, um ou zero, oito ou oitenta..."

"Falo de masculino, feminino..."

"Tudo bem. E o que te atrai no Nicolas, ele ser forte ou ser belo?"

[Dá de ombros] "Eu sempre gostei dele. Sempre achei ele bonito, mesmo antes de ele ser forte. Eu ficava olhando pra cara dele..."

"Como com os argentinos..."

"Oi?"

"Os turistas argentinos, lá na sua infância, que você só queria olhar..."

"Isso. E por mulher eu nunca tive isso. Nunca senti essa atração..."

"Nem pela sua professora, Mulher-Maravilha?"

"Nah, é como tu disse, ela era meio que uma coisa de mãe..."

"Tá certo."

"Essa atração é uma coisa que a gente não escolhe. Não sei como alguém acredita que a gente pode escolher ser gay, quem iria escolher?"

"Alguém que só tem contato com homens? Na prisão? Ou no Exército? No seminário? Daí não tem muita escolha..."

"Se não tem muita escolha, não é escolha."

"Mas os pais podem achar que foi uma escolha de rebeldia, ou de modismo, para desafiar..."

"Meus pais não acham isso. Eles sabem que eu sempre fui assim."

"Então a *culpa* é deles?"

"Deve ser, genética."

"É uma teoria. Mas continue. Como você entendeu o que sentia pelo Nicolas?"

"Com uns doze, treze... Daí passei a não só olhar, mas a fantasiar... entende? No banho..."

"Entendo."

"Mas ele não é gay."

"Como você sabe?"

"Eu só sei."

"Nunca brincou de médico com ele, na infância, como você fazia com seu primo?"

"Não. O Nicolas sempre foi mais na dele."

"E você nunca se declarou?"

"Nem fodendo. Ele ia me dar uma coça."

"Ele é da turma dos meninos que zoam com você?"

"Mais ou menos. Ele é amigo deles, mas não participa da zoação, é mais na dele."

"Nem te defende."

"Não, nem me defende."

"E por você, alguém tinha crush?"

"Claro que não."

"Sabe, entendo essa sua baixa autoestima como um nível de narcisismo..."

"Oi?"

"*Sou tão estranho, tão esquisito, ninguém nunca gostaria de mim.* É uma forma de se sentir especial."

"Que seja, cara. Não preciso justificar. É só olhar pra mim."

"Você é branco, magro, alto, tem olhos verdes lindos, quirguizes…"

"Quer me comer?"

"Já almocei."

[Sorri] "Como tu fala merda…"

"Veja só, que sorriso bonito…"

[Fecha a cara] "Sei, com esses dentes, esse aparelho… É um sinal de fraqueza."

"O quê?"

"O sorriso."

"Que interessante. Os homens costumam achar que o *choro* é sinal de fraqueza, não o sorriso…"

"Não, é um sinal de viadagem. Por que tu acha que chamam viado de gay? Sabe o que gay significa?"

"Claro…"

"Significa *alegre*, bobo alegre. Tive que aprender a fechar a cara, fazer cara de mau, é minha proteção de tela…"

"Não acha que isso pode ter afastado possíveis amigos?"

[Dá de ombros]

"Às vezes, o que conquista o outro é justamente aquilo que a gente não controla, uma 'fraqueza', como você coloca, o sorriso torto, os quarenta e quatro dentes, o aparelho, podem passar uma imagem mais simpática do que sua cara de mau…"

"Simpatia não leva a nada, te disse."

"Tudo bem. Então, esses aplicativos de encontros, você só usa para stalkear sua irmã?"

"Uso de curiosidade. Acabei encontrando ela meio por acaso... Bom, meio que eu procurei."

"Nunca marcou nenhum encontro?"

"Não, sou menor de idade, né?"

"Isso não impediria muitos caras..."

"Nem coloquei foto minha. Só fico espiando mesmo. Um monte de caras bombados, barbudos, padrãozinho. Não é meu tipo... Mas sabe que muitos caras vêm falar comigo?"

"Falar o quê?"

"Puxar papo, uns já chegam mandando nudes, do pau, da bunda... mais da bunda do que do pau." [Ri]

"O que você acha que os atrai em você?"

"Aí é que tá, te disse, nem coloquei foto, idade, descrição, nada..."

"Que perfil interessante..."

"Pois é, e muitos vêm falar, mandam taps, pedem foto, acho que é curiosidade mesmo..."

"Deve ser, curiosidade, porque tanta gente se expõe tanto, não é? Se aparece alguém sem foto nem descrição, pode ser um atrativo em si."

"E porque tem muito cara casado, com esposa, daí não quer se expor nesses apps e quer encontrar alguém que não se exponha também."

"Discreto e fora do meio. Que manda foto da bunda."

[Ri] "Bem isso."

"Tem o fato de ser uma cidade razoavelmente pequena também, não? Você nunca encontrou no aplicativo algum conhecido, um colega, alguém que não suspeitava que fosse gay?"

"Não, acho que esses, se tem, também não colocam foto. Encontrei um ou outro que eu já sabia, o tiozinho da loja de doces, o guri da gráfica."

"Ninguém que te interessasse."

"Não, ninguém me interessa. Mas eu te disse, olho mais por curiosidade, e pra encontrar minha irmã."

"E pornografia?"

"Às vezes, né…" [Ri] "Pra espantar o tédio."

"De que tipo?"

[Dá de ombros] "Xvideos… Twinks… Não vejo tanto, não…"

"E com os meninos por quem você se interessa, o Nicolas, Ezra Miller, Tom Holland, qual é seu tipo de fantasia?"

[Cora] "Porra… Sério que tu quer saber isso?"

"Não precisa contar detalhes. Pergunto se suas fantasias, se elas passam por algum fetiche, uma submissão, de repente algum domínio? Suas fantasias envolvem morte, dor, sangue? Queria matar ou ser morto por algum crush?"

"Não, cara… Eu só quero… amor, tipo, carinho. Eu nunca nem beijei na boca…"

"Só chupou."

"Quê?"

"Seu primo, na infância…"

"Aquilo era brincadeira de criança, te disse."
"Tudo bem."
"Sabe... meu sonho era dormir de conchinha..."
"Que fofo, Renato..."
"Vai se foder!"
"Tá, desculpe, continue."
"Queria um cara que gostasse de mim, que me entendesse, formasse uma dupla. Daí não ia precisar de mais nada. Não ia mais ligar pra essa porra toda."
"Não ia mais precisar morrer..."
"Não, não ia precisar morrer."
"Nem matar..."
"Nem... O problema é que minhas fantasias eram só fantasias, nunca iam se realizar..."
"Então mais fácil morrer."
"Eu não posso estalar os dedos e fazer as pessoas gostarem de mim."
"Bem, como eu disse, se você sair daqui, terá uma fila para escolher..."
"Tu tá aqui pra isso? Pra julgar se vou ser solto ou não?"
"Mais ou menos isso."
"Tá, então como eu continuo?"
"Hum, você não terminou a história do Hunter..."
"Do HunterNex, era o nick dele."
"Do Gibson..."
"Isso."
"Então...?"

"Então, o Hunter tentou fazer um massacre. Mas não dá pra fazer um massacre sozinho."

"Até dá..."

"Esses guris dos Estados Unidos, tão sempre em bando, em dupla, pelo menos..."

"Não o Kevin."

"Que Kevin?"

"O Ezra Miller, do filme, do livro."

"Ah, ele fez sozinho? Não tinha um amigo?"

"Não, não tinha nenhum amigo. No *Elefante* tinha um amigo. Eram dois meninos; davam um beijo, inclusive. E morriam."

"Desperdício."

"Sim, desperdício. Mas talvez um indício, de que mesmo que você encontrasse um *amigo*, mesmo que tivesse um namorado, de repente, se namorasse o Nicolas, vocês só acabariam cometendo o assassinato juntos. E morreriam de conchinha."

"Isso eu duvido."

"Duvida que cometeriam? Que matariam? Que morreriam de conchinha?"

"Duvido de tudo."

"É uma filosofia. Mas continue..."

"Continuo no quê?"

"No Hunter... Por sinal, ele era caçador?"

"Por quê?"

"Por se chamar *Hunter*, oras."

"Ah, não, acho que tirou do *Monster Hunter*, outro game."

"Então ele não tinha armas em casa, não era acostumado a caçar?"

"Ele tinha arma em casa, porque os pais eram policiais, acho que sabia atirar. Quando voltaram as aulas, ele levou uma arma pra escola. Planejava fazer um massacre."

"Ele contou tudo isso a vocês?"

"Não contou tudo. Falou que ia fazer algo que ia chocar todo mundo. Mas o povo sempre fala... Tipo o Pankado, que falou que ia matar a família de covid, e nada."

"Ou o Noid, que se matou de fato."

"Isso."

"Bem, foi bom que ele não contou tudo. Vocês poderiam ter sido interrogados como cúmplices, por terem incentivado."

"Sim, o Pankado até ficou noiado que tavam lendo as mensagens do nosso grupo. Ele tinha medo de ser preso por causa da história da covid... Mas não deu em nada."

"Mais um motivo para você não ter contado nada dos seus planos com o presidente."

"É. Mas naquela época eu ainda não tinha planos de matar o presidente. Eu tava começando a pensar no que fazer..."

"Pensava em matar seus colegas de escola?"

"Pensava, né? Claro. Por isso fui farmando meu pai pra comprar a arma..."

"E o Hunter chegou antes..."

"Chegou. Mas foi bom. Ia dar merda."

"Melhor matar o presidente."

"Melhor matar o presidente. Eu consegui, né?"

"E o Hunter, não?"

"Não. Foi outra merda. Ele levou a arma pra escola. Sacou assim que entrou na sala. E o primeiro que saltou na frente dele foi o professor que ele mais curtia."

"Vixe."

"É. Daí ele falou pro professor sair, porque ele queria atirar nos guris que tiravam ele de viadinho. Só que o professor ficou tentando parar ele, e ele teve que atirar..."

"Acho que fiquei sabendo desse caso... E daí, o que aconteceu?"

"Daí os próprios alunos que xingavam ele de viadinho saltaram em cima dele, deram uma coça, desarmaram."

"E ele só atirou no professor?"

"Acho que deu outro tiro que pegou num computador da classe também. Prejú. Matou só o professor. E o professor era negro. Daí ficaram lacrando que ele era extremista, nazista, que matou o professor por racismo. Ainda mais por ter pais policiais. E os alunos mais escrotos viraram os campeões. Filhadaputice."

"Sim, *puta falta de sacanagem*."

[Ri] "Bem isso."

"Ele era branco?"

"Quem?"

"Esse Hunter... que matou o professor negro."

"Ah, sim, era ruivo até. Mas acho que era tipo eu. Tinha mãe negra, ou vó. Não foi racismo, não."

"Será? Um menino ruivo, nascido numa família negra, do Nordeste, seria comum ele se ver como privilegiado, eleito, especial... Chamo de Síndrome do Poder Pálido."

"Nada a ver."

"O Brasil mima seus desbotados."

"O Hunter sabia bem como era mimado pelos pais policiais, pelos colegas de classe..."

"Como ele era mimado?"

"Ele não era mimado."

"O que ele sofria, bullying?"

"Acho que sim. Reclamava sempre da escola, dos colegas, dos pais."

"E sofria por quê? Você disse que ele não era gay..."

"Eu não sei. Sei que zoavam. Era ruivo, afinal, acho que o único da escola, então tem isso."

"Sei, o único ruivo entre pardos..."

"Tipo isso."

"Então os adolescentes zoam com os gays, os pardos zoam com os ruivos, os brancos zoam com os negros, os pais zoam com os filhos. Acho que todo adolescente tem motivos para cometer um massacre, Renato."

"Talvez. Mas nem todos têm coragem. O Hunter teve."

"E você, como ficou sabendo de todos os detalhes do ataque? Não saiu na mídia."

"Não! Só saiu que ele matou o professor negro, que os cuzões foram os heróis! Pagou de noob. Eu fiquei sabendo porque o irmão dele é amigo de um amigo do Pankado, e contou tudo."

"E ele acabou preso?"

"É, na Febem, né? Ainda é de menor..."

"É Fundação Casa. Não chamam de Febem há anos."

"A gente ainda chama de Febem."

"Você devia ter pesquisado. Poderia ser seu destino..."

"Eu não esperava escapar com vida..."

"Mas escapou, pelo menos por enquanto."

"Ironia."

"Eu me pergunto como você seria recebido na Fundação Casa... Como herói, como jurado de morte..."

"Eu não pensei nisso. Queria mesmo morrer. Mas matar o presidente foi fácil. O difícil foi me matar em seguida..."

"O primeiro tiro sempre é mais fácil."

"Achei que o povo ia me matar, em último caso."

"Suicídio através de linchamento, Renato? Isso que é mártir..."

"Não dá pra esperar nem que o gado que votou nesse coiso faça isso direito..."

"Bem, o povo até que tentou. Um segurança até atirou em você. Mas outro foi mais prudente e disse para manter você vivo. Ajudou a te levar ao hospital. Queriam poder te interrogar, descobrir quem estava por trás dos seus planos, se era coisa de algum grupo de esquerda..."

"..."

"..."

"Seu filho da puta!"

"Que foi que eu fiz, Renato?"

"Tu trabalha pra essa milícia! Tá me interrogando pra saber de tudo! Da minha família, meus amigos!"

"É isso o que você acha?"

"Claro que eu acho! Tu acabou de admitir!"

"Não, não admiti nada."

"Que porra, isso não vai acabar nunca?!"

"Isso o quê?"

"Essa milícia, essa filhadaputice! A gente pode matar o presidente, que os filhos da puta que nem tu continuam! E o povo vai continuar votando nesse lixo!"

"Hum, achou o quê, que mataria o presidente e *Ding Dong, the Witch is Dead*? Corta-se uma cabeça de dragão, outra nasce mais forte no lugar."

"Por que eu não morri logo..."

"Por que será?"

"Porque vocês filhos da puta me salvaram, pra me matar de novo, pra me interrogar, como tu mesmo disse, pra saber se tinha alguém por trás..."

"Eu não. Estou aqui por um motivo bem diferente."

"Sei..."

"Você acha que *você* seria tão burro assim?"

[...] "Como assim?"

"Depois de matar o presidente, você chegaria para um estranho e começaria a contar toda a sua história, sem reservas, sem saber quem ele era, quem eu era, onde você estava?"

"..."

"Onde você está?"

"Numa sala... de interrogatórios...?"

"Como você chegou aqui?"

"..."

"Você está sentado? Há uma mesa? Como é meu rosto?"

"..."

"..."

"Não entendo..."

"Você está em coma, Renato, num hospital."

"..."

"O que aconteceu depois que você atirou no presidente, que a multidão saltou sobre você, que você levou um tiro?"

"... não me lembro..."

"E não se lembra de como chegou aqui."

"Não."

"É porque depois disso você foi levado a um hospital e entrou em coma. Isto aqui é como um sonho. Por isso você começou a contar tudo sem questionar quem eu era, onde estava. Eu sou como uma voz da sua própria cabeça..."

"Tu é uma voz na minha cabeça?"

"Eu sou COMO uma voz na sua cabeça..."

"Não... Isso não faz sentido. Tu sabe coisas que eu não sei. Diz coisas que não conheço."

"Eu digo coisas que você *não sabe* que sabe."

"Então... tu é eu?"

"... Não." [Ri] "Só estava à sua espera."

"Como um anjo da guarda?"

"Hum... é, mais ou menos isso..."

"Ou um demônio? Tu é um demônio?! Eu tava mesmo possuído?"

"Eu não diria isso. Demônio para uns, anjo para outros, tipo os cenobitas..."

"Que tu tá falando?"

"Estou aqui para decidir seu destino, Renato."

"Tu vai me levar pro Inferno?"

"Eu não usaria esse termo... Prefiro *Tártaro*, *Báratro*, gosto das proparoxítonas."

"Tu tá tirando comigo..."

"Estou." [Ri] "Relaxe, Renato. Te asseguro que não há nada como o que você aprendeu sobre o *Inferno*. O Inferno dos homens não faz sentido."

"Por que não?"

"Porque nada que se pode fazer em terra justifica uma danação *eterna*. É a pena mais desproporcional que poderia haver. Eterno é muito tempo..."

"Que tipo de Inferno existe então?"

"O presente. O Inferno só existe no presente, o presente é o que há de eterno..."

"Tu viaja muito... Como pode viajar assim? Bom, isso é um sonho, só um sonho."

"Um sonho não é pouca coisa. Mas eu disse que é *como um sonho*, parecido, mas não é exatamente..."

"Eu vou acordar?"

"Talvez..."

"Sério, o que tem depois do coma?"

"O que há depois da morte?"

"O caminhão... Eu acordo!"

"É. Tem isso também. Mas há outras opções..."

"..."

"Estamos aqui para decidir."

"Quem decide, tu?"

"Exatamente."

"Como podem deixar a decisão sobre minha vida contigo?!"

"Sua vida não é tão importante assim, Renato, mesmo matando o presidente."

"Então tu não decide sobre a vida de todo mundo?"

"Não, claro que não, seria trabalho demais. Eu me especializei em jovens como você."

"Mas tu não parece nada profissional, com essas brincadeiras, esse não me parece um julgamento justo."

"Esse é o julgamento mais justo que você vai ter. Imagina, o judiciário brasileiro é uma zona, uma burocracia. Quem dera todo mundo pudesse sentar umas horinhas comigo e já resolver a sentença."

"Não é justo. Tu é advogado, promotor, juiz, carrasco..."

"Uhhhh, Renato, vejo que estudou o assunto, poderia ter uma carreira no direito..."

"Tu é um palhaço!"

"Palhaço é quem trabalha de terno e gravata num país tropical. Eu prefiro o termo *clown*."

"..."

"Então, não vai me contar mais nada?"

"Se eu não contar, tu vai me mandar pro Inferno?"

"*Toda criança merece o Inferno...*"

"Eu não sou mais criança!"

"Exatamente. Então me conte sua história, quem sabe não te arrumo uma suíte nupcial num hotel cápsula em Tóquio?"

"Sério? Eu sempre quis ir nesses hotéis..."

[Ri] "Você sonha pequeno, Renato. Você matou o presidente..."

"Puta merda, cara, agora tu fodeu com minha cabeça..."

"Termine sua história."

"... Eu nem sei mais onde eu tava."

"Você contava a história dos três virgens: Um se matou. O outro tentou matar a família. O outro tentou matar os colegas."

"Isso, e o quarto, eu, matou o presidente."

"Isso todo mundo sabe. Vamos voltar ao planejamento. Como arrumou a arma?"

[Suspira] "Agora nem sei o que falo... Agora vou ter que medir minhas palavras..."

"Você não pode evitar. Não há nada mais que você possa fazer a não ser rever sua história."

"Não tem outra pessoa com quem eu possa falar?"

"Até tem... Mas você quer começar tudo de novo, do zero?"

"Não sei..."

"Quer que eu traga outra pessoa que te pergunte por que você se chama Renato?"

[Suspira] "... Tudo bem. Como continuo?"

"A arma, como conseguiu a arma."

"Com meu pai... Tu decide o destino do meu pai também?"

"Não, isso não seria profissional. Não tenho nada a ver com seu pai. Continue."

"Bom..." [Sorri] "Eu fui bem esperto. A gente não tinha arma em casa... Mas meu pai sempre quis, votou no presidente, né? Tinha toda aquela história de arma... Eu não me matei em grande parte por causa disso, sabia? Não dava pra me matar com uma faca de cozinha."

"Até dá. Com as facas Ginzu, que cortam até as meias Vivarina."

"Cara, não viaja mais, que agora fica ainda mais bizarro."

"Desculpe, continue."

"Não dava pra eu me matar com uma faca de cozinha, com meus pais defendendo o porte de arma. Eles só iam falar: *Viu, até uma faca de cozinha pode matar?*"

"*Armas não matam pessoas...*"

"É. O que o Diabo acha disso?"

"Não sei. Não sou próximo dele."

"Ahhh, tu é mesmo um funcionário chinelo? Porra, eu matei o presidente e me mandaram um funcionário chinelo?"

"Você matou um presidente de terceiro mundo, Renato."

"Nem vem! Tu mesmo disse que foi um grande feito! Saiu até na Finlândia!"

[Ri] "O Diabo não existe, menino. Isso é invenção dos homens..."

"Ahhh, sei... Eu acho é que tu que não conhece o Diabo..."
"Não conheço mesmo."
"Não conhece? Mas como sabe que o Diabo existe?"
"Eu disse que *não* existe."
"Então como sabe que *não* existe?"
"Não sei, imagino."
"Puta merda..."
"Quê?"
"Nem vocês sabem se o Diabo existe?"
"Não."
"Não o quê?"
"Não sabemos, você está certo."
"Tipo, tem vários níveis? A gente morre e nem descobre tudo sobre a vida?"
"Bem isso."
"Puta merda..."
"Renato, se a gente soubesse *tudo*, qual seria o sentido de continuar existindo?"
"Então tu existe?"
"Não estou falando com você?"
"Pode ser só uma voz na minha cabeça..."
"Posso existir só como uma voz na sua cabeça."
"Tudo bem."
"Como você arrumou a arma?"
"Tu é profissa em retomar o assunto, isso eu admito."
"É só eu rolar a página de volta para cima."
"Oi?"
"Continue."

"Botei pilha pro meu pai comprar a arma. Ele votou naquele puto que prometeu arma pra todo mundo. Mas mesmo assim tava caro pra caralho. É o que meu pai dizia. Eu pesquisei, e não tava tão caro assim. Mais barato que um iPhone. Meu pai é puta mão de vaca. Daí eu joguei umas ideias pra ele que essa história de comprar arma logo iria passar, que logo os comunistas assumiam e acabavam com essa história de o povo ter arma. Que iam confiscar o carro dele, o bar... Que ele nem ia ter como se defender. Quando ele viu as pesquisas da próxima eleição, se cagou de medo e arrumou uma arma."

"Garoto esperto."

[Sorri orgulhoso] "Não sou? Daí lancei pro meu pai um papo de hétero top, que eu adorava armas, ele sabia que eu gostava de game, começou a se apegar com esse lado, que podia ser meu lado macho..."

"Seu lado macho era de adolescente assassino."

"Bem isso!"

"Então você começou a criar uma relação com seu pai, em torno da arma; não gerou um apego a essa relação? Não quis cultivar esse relacionamento? Pai e filho atiradores?"

"Não... Meu pai não pensava assim..."

"Seu pai não pensava como?"

"Não achava que arma era uma coisa pra usar sempre e tal..."

"Só quando comunistas cruzassem o jardim?"

"Meu pai só tava numa noia, achava que vinha inimigos de todos os lados..."

"E você não ajudou?"

"Eu tentei, tá? Eu falei tantas vezes pra ele das fake news... Só que essa é a pira. Quando eu falava que era mentira, ele não acreditava. Quando falei que era verdade, que os comunistas tavam vindo, ele acreditou."

"O que sua mãe pensava de tudo isso?"

"Aí que tá, minha mãe nem pensa..."

"Viado machistinha."

"Sério, minha mãe não tá nem aí."

"E sua irmã?"

"Ela não tava mais em casa, quando eu lancei esse papo de arma. Ela ia achar esquisito, certeza. Ia perceber que eu tava tramando algo."

"Então seu pai te ensinou a atirar?"

"Meu pai? Pfff. Capaz. Acho que ele deve atirar pior do que eu. Só comprou a arma. Eu aprendi... com a vida." [Ri] "Vídeos e tal. Mas, como eu disse. Ia atirar no presidente bem de perto, não precisava tanto de mira."

"Sim, porque você queria ser visto como o autor do disparo, ao lado dele."

"Bem isso."

"Tá, então seu pai comprou a arma... Que modelo?"

"Não sei bem, é trinta e oito, né? Trezoitão. Dei uma olhada na net, mas não sei exatamente o modelo."

"Que falta de pesquisa, Renato..."

"Ai, é tudo igual. Só precisava saber tirar a trava, apertar o gatilho, que tinha cinco tiros... Era preto, fosco. Bonito até."

"Revólver Taurus 85, uns 4 mil reais..."

"Tu entende de arma?"

"Faz parte do trabalho."

"Será que ele comprou ilegal? Ele apareceu com o revólver um dia, me mostrando orgulhoso..."

"Isso é fácil de descobrir. Certamente já investigaram a procedência da arma. Mas o presidente facilitou tanto..."

"Deu ruim pra ele."

"Pro presidente ou pro seu pai?"

"Pros dois, né?"

"Sim."

"Então...?"

"Então, seu pai comprou a arma e você começou a planejar ir para Brasília..."

"Isso. Só que, tipo, poucos dias depois... tipo, ele comprou a arma na quarta. Sexta fiquei sabendo que o presidente ia estar na ilha."

"Você matou o presidente numa manhã de sábado."

"Isso."

"Bem em cima..."

"Sim, foi bem em cima. Sexta falaram do presidente. Eu tava me fodendo pra pensar em como arrumar grana e uma identidade pra ir pra Brasília. De repente descubro que ele vem do lado de casa... Bem, uns quarenta, cinquenta minutos de casa."

"A viagem para Brasília poderia ter rendido uma história melhor, um *road movie*."

"Sou menor de idade, tu sabe, imagina, armado, pegando carona, de Floripa até Brasília, pra matar o presidente..."

"Pois então, uma história bem melhor... Mas seria uma história mais cara. Do jeito que aconteceu, sua história é mais fácil de adaptar numa peça, num filme."
[Sorri] "Acha que minha história vira filme?"
"No Brasil? Eu não apostaria..."
"Filme brasileiro é uma bosta mesmo."
"Que preconceito, menino..."
[Ri] "Mas é verdade. É só umas comédias toscas, uns filmes do agreste..."
"Filme bege, eu chamo de filme bege."
"Tipo isso."
"Viu *Bacurau*?"
"Não, filme do agreste..."
"Hum, diz o menino do sul que matou o presidente fascista..."
"Cara, eu gosto da Marvel..."
"Bem, você só tem dezesseis. Seu ódio move mais do que sua simpatia."
"Essa frase é minha."
"Sim, guardo tudo."
[...] "Queria te perguntar uma coisa..."
"Diga."
"Eu tô em coma..."
"Está."
"Como tá meu corpo? Tô muito machucado?"
"Bem, você está em coma, então obviamente está muito machucado..."
"Tá, mas, tipo, tô paralítico?"
"Hum, está paraplégico... Tetraplégico?"

"Sério?"

"Você está em coma, nada seu pode se mexer."

"Ah, sim, mas se estivesse acordado?"

"Hum, deixa eu ver, Renato... Não sou médico... Mas não, não parece haver nenhuma lesão na sua espinha..."

"E no cérebro?"

"No cérebro sim. Muito video game e balas Fini."

"Sério, cara, me diz!"

[Suspira] "Você está bem quebradinho, mas poderia ser bem pior. Sabe que até teve uma ereção?"

"Sério?"

"Sim, quando falava do Ezra Miller."

[Cora] "Tu tá de sacanagem."

"Pior que não estou. E o enfermeiro notou."

"Ah! Vai se foder! Tá me zoando!"

"Naaah, não estou, não. O enfermeiro, orgulhoso de cuidar do menino que matou o presidente, reparou bem na sua ereção sob o lençol. Nada mal pra um novinho..."

"Para!"

"Mas ele não fez nada. Nem daria. Seu quarto é um entra e sai. Totalmente vigiado. Você também não gostaria dele."

"Por que não?"

"Hum, meio padrãozinho, malhado, barba por fazer... Você gosta de caras mais estranhos, não é? Tipo Ezra Miller?"

"Sei lá... Como é que tá minha cara? Tô muito inchado?"

"Renato, você nem pretendia sobreviver. Agora está preocupado com sua cara, com seu cabelo..."

"Claro. Se eu tivesse morrido, não me preocuparia. Enquanto tô vivo, me preocupo."

"É um bom mote."

"Tu já decidiu?"

"O quê?"

"Pra onde vou depois?"

"Estou pensando em te reencarnar num quarentão obeso que acaba de fazer uma ponte de safena..."

"Sério?"

"Não, não é assim que funciona."

"Como é que funciona?"

"Você está aqui para contar sua história ou pleitear um trabalho no além?"

[Dá de ombros] "Se eu vou morrer, melhor arrumar um trabalho no além."

"Ah, então acabou a moleza. Quando vivo você vivia trancado no quarto jogando video game. Morreu, tem que trabalhar para ganhar a vida. Vai ser operador de britadeira no Inferno."

"Tu tá me tirando, nem ligo."

"Você teve problemas no parto, Renato?"

"Porra, cara... Ai! Puta merda!"

"Quê?"

"É isso? Esse é meu Inferno? Vou ter que ficar revivendo minha história, recontando toda minha vida pra ti, por toda a eternidade?"

"É uma boa teoria. Mas, como eu disse, eternidade é muito tempo."

"Por uns dois mil anos, então?"

"Dois mil anos também é muito. Faz esse tempo que contam a história de um homem que morreu na cruz e, te digo, não tem mais nada a ver com os fatos originais..."

"Tu conheceu Jesus?"

"Não, não sou tão velho assim. Só ouvi falar."

"Cara, eu não consigo mais contar nada pra ti a sério..."

"Me conte por que escolheu o presidente."

"De novo isso, sério?"

"Você disse que ele representa o que há de pior no país; o que seria?"

"Racismo, machismo, homofobia... Burrice."

"Você se considera de esquerda?"

"Não... é tudo a mesma merda. Detesto política."

"Então, se outro presidente tivesse sido eleito, de esquerda, você também o mataria?"

"Ele não seria tão burro quanto o que eu matei."

"Mas você tentaria?"

"Não, porque se eu matasse um presidente de esquerda meus pais aplaudiriam, os moleques da escola..."

"Você poderia morrer como herói, enfim."

"Herói pros meus inimigos. Eu não faria um país melhor."

"E acha que fez um país melhor agora?"

[...] "Não sei mais..."

"Será que matando o presidente não reforçou a imagem dele como mártir? Os opositores como radicais, extremistas? Se tivesse matado um presidente de esquerda, poderia passar uma mensagem mais clara de que os radicais são os armamentistas..."

"Pô, cara, agora buguei."

"As eleições estão aí. O presidente tinha poucas chances de ser reeleito..."

"Agora não tem nenhuma."

"Mas os filhos dele... Até o *neto* dele pode ser presidente."

[...] "Outro vai e mata. Eu dei o exemplo."

"Hum, entendo. Se *ele não for bom, a gente tira.*"

"Tipo isso."

"O que acha que seu crush, o Nicolas, pensa de você agora, depois do que fez?"

"Acho que tem medo."

"E era isso o que você queria que ele sentisse?"

[Dá de ombros] "É só o que ele pode sentir. Ele nunca iria gostar de mim..."

"E o Pankado... o Pankado é o que tá vivo? Que não foi preso?"

"É, o Pankado só tentou matar a família de covid."

"Isso. Acha que o Pankado está com medo de você, com inveja?"

"Deve estar stunado." [Ri]

"E o Hunter?"

"Na Febem? Deve estar morrendo de ódio, né? Eu consegui..."

"Hum... Tudo bem. Me conte do dia, o comício, seu encontro com o presidente. Já tinha visto ele antes?"

"Na TV."

"Nunca tinha visto nenhum comício..."

"Não, claro que não."

"Então você não tinha muito ideia das condições de segurança..."

"Tinha visto na TV."

"Tá. Como foi então?"

"Foi na manhã de sábado, como eu disse. Lá pelo meio-dia eu já tava melhor da dor de barriga. Peguei o ônibus até o centro de Florianópolis, que soube que o presidente ia estar lá."

"O que disse a seus pais?"

"Meu pai não tava em casa. Minha mãe não tava nem aí... Sabe o que eu disse pra ela?"

"Não, por isso perguntei."

"*Tô indo matar o presidente.*"

[Ri] "Sério?"

"Sim."

"Bom, ela nunca iria acreditar..."

"Não. Antigamente, quando ela ainda queria saber aonde eu ia, eu respondia coisas assim: *Tô indo comprar drogas.*"

"Quando?"

"Antigamente, uns tempos atrás, sempre que eu saía..."

"E você saía para onde?"

"Ah, sei lá, sempre que eu saía, se ia comprar fone, alguma coisa pro PC, sei lá... Eu nem saía muito... Nunca fui de ficar fora de casa. Jogo online não tem pause." [Ri]

"E ela acreditava que você ia comprar drogas?"

"Ela morria de medo de drogas. Tem muito lá onde eu moro. Acho que no começo ficou meio cabreira. Per-

cebi que ela mexia nas minhas coisas, devia estar procurando cigarrinho do capeta..."
"Nunca achou."
"Não, eu não fumo. Ela ia achar nas coisas da minha irmã..."
"Então no sábado você saiu na hora do almoço, disse à sua mãe que ia matar o presidente. O que ela disse?"
[Dá de ombros] "Nada, né?"
"E como você pegou a arma?"
"Meu pai não escondia, nem nada. Deixava na garagem, trancada numa maleta de ferramentas. Foi só arrombar a maleta. Chave de fenda e *pá*!"
"Daí pegou o ônibus para o centro de Florianópolis."
"É, tava uma zona, um puta trânsito, tudo fechado. Eu sentado com aquela porra enfiada na calça, com um medo que disparasse... Tive que descer antes da ponte, e andar."
"Lá na estátua da Liberdade?"
"Lá mesmo! Como tu sabe?"
"Impossível passar por aquela coisa horrenda e não se lembrar."
"Horrenda mesmo. Daí fui andando até o centro. Tava um movimento horrendo também, um puta calor, e aqueles minions todos de verde e amarelo."
"Você não estava?"
"Eu não. Tô sempre de preto."
"Seria melhor para se camuflar..."
"Eu não queria essa skin, não, Deus me livre. Não queria que ninguém pensasse que eu tava lá apoiando o presidente."

"Seria mais fácil, pegar a bandeira..."

"Por sinal, sabe que encontrei um amigo do meu pai? Um puta fascista, dono de concessionária. Ele me viu e deu um sorrisinho. Morri de vergonha. Quase que gritei: *Não vim apoiar o presidente, não! Vim matar!*"

"Ninguém suspeitou?"

"De quê, que eu ia matar o presidente?"

"É."

"Não, te disse, puta presidente burro. E tava maior aglomeração, todo mundo sem máscara."

"Você estava de máscara?"

"Eu saí de máscara, mas tava muito calor..."

"Bem, como você não se importava em morrer, e queria ser reconhecido..."

"Isso."

"Como foi o comício... Bem, não era bem comício, não é? Acho que tecnicamente não se poderia chamar de comício, que por lei a campanha ainda não poderia começar."

"Eu cheguei quase no fim. Tinha gente pra caralho... Deu um ódio, depois de tudo o que presidente fez, falou, aquele bando de bot apoiando. Bando de gado filho da puta. Dava vontade de atirar em todo mundo."

"Mais fácil matar só o presidente."

"Sim, mais fácil. Sabe que acho até que ele queria morrer?"

"Sério?"

"Sim. Como eu disse, tava uma puta muvuca, gente pra caralho... Não dava pra entender aquilo tudo de

gente, cara, não dava... aquele filho da puta. Eu não conseguia chegar perto, achei que meu plano ia miar... Tinha medo até que alguém enfiasse a mão na minha calça, roubasse minha arma. Eu pensei em atirar de longe..."
"Daí ia ter de ser bom de mira."
"Sim, era fácil eu errar..."
"Ou acertar a pessoa errada."
"Também."
"De repente acertava um repórter, um cinegrafista... A mídia ia dizer que um jovem apoiador do presidente matou um jornalista. Passaria uma mensagem melhor contra o governo."
"Ia matar um coió qualquer e acabar com meu status..."
"Seria um sacrifício, dois sacrifícios, em nome de um ideal, mais o que um terrorista faria..."
"Quem merecia morrer era o presidente. E queria que soubessem que eu podia matar ele."
"Entendo."
"E sabe que acho que o presidente queria morrer?"
"Você estava dizendo. Por quê?"
"Porque tava longe pra caralho, todo aquele povo querendo chegar nele, cantando 'a lenda nunca morre...'. E eu não conseguia nem ir pra frente, nem ir pra trás, tava querendo quitar. Freezei e comecei a ficar com dor de barriga de novo."
"Putz. Jogo online não tem pause."
"Só que o presidente terminou o comício e foi vindo na minha direção, acredita? No meio do povo, abra-

çando, sorrindo, cuspindo, lançava perdigoto em todo mundo."

"Praticamente um genocida."

"Bem isso. E vinha vindo na minha direção. Eu, que nunca ia conseguir chegar nele. Puta burro."

"Se ele queria morrer..."

"Ele chegou na minha frente... Era mais baixo do que eu, acredita?"

"Acredito, claro, era um homem idoso, Renato, encarquilhado. Você matou um idoso..."

"Ahh, nem vem!"

[Ri] "Tá, continue."

"O filho da puta olhou na minha cara. Sabe o que ele disse?"

"O quê?"

"Que cara é essa, moleque, tá com dor de barriga?"

[Ri] "Ele disse mesmo isso?"

"Te juro! Não dava pra acreditar! Com aquela língua presa, cuspiu em mim!"

"Bem, você agiu praticamente em legítima defesa."

"Foi mesmo. Se eu ainda tinha alguma dúvida... Na hora saquei a arma e encostei na testa dele. Meti bala."

"Não falou nada?"

[...] "Não... queria ter falado. Mas na hora não pensei em nada."

"Bom, ninguém ia ouvir. Acho que a mensagem que você queria passar estava no ato em si."

"Sim."

"E na carta, na carta que você deixou."

"Sim."

"Pode me contar o texto da carta?"

"Sim, eu sei quase de cor. Reli várias vezes."

"Então vamos lá."

"É mais ou menos assim... *Eu, Renato Junggeselle Silveira assumo a autoria do assassinato do Excrementíssimo Presidente da República, no dia 7 de maio de 2022.*" [Não coloquei o horário porque eu não sabia a hora exata que ia acontecer, né?] "*Declaro que cometi o ato sem ajuda de ninguém e por livre e espontânea vontade. O presidente sempre incentivou o ódio, que as pessoas tivessem armas, então usei meu ódio e minha arma contra ele. O mundo vai ver que é isso o que acontece quando se incentiva o racismo, o machismo e a homofobia. Como meus colegas de escola, que se acham os fodões porque estão em bando e acham legal fazer dos meus dias uma tortura, só porque sou diferente. Agora eles vão ver do que minha diferença é capaz.*" [Eu pensei em colocar o nome dos meus colegas, pra todo mundo saber quem eram os filhos da puta, mas daí pensei que eles iam é gostar de ficar conhecidos, então não dei esse destaque pra eles.] "*Eles vão continuar sendo os bostas que são, num colégio de merda em Palhoça. Eu é que sou o assassino do presidente. Meus pais votaram nele, então se eles têm culpa é de terem ajudado a tornar este país ainda mais merda, cheio de gente ignorante e preconceituosa. Isso é o que eles recebem em troca. Posso ter morrido cedo, aos dezesseis anos, mas dei mais sentido à minha vida do que muita gente, que passa a vida toda sem sentido. Deixo esse mundo de merda, que não quer o que tenho a oferecer, para entrar para a história, que vai ter de aprender a escrever direito meu nome do meio. Atenciosamente, Renato Junggeselle Silveira.*"

"Uau, solene."

"Acha que ficou bom? Escrevi e reescrevi várias vezes. Tinha colocado bem mais coisa, depois resolvi deletar."

"Está ok, sim, deixa claro seu ponto, suas motivações."

"Acho que meus pais vão se arrepender, os moleques da escola..."

"Pode ser. E assim acaba o fascismo no Brasil."

"Sabe... Queria te perguntar..."

"O quê?

"Tu me perguntou lá de start... Por que eu era tão diferente dos meus pais, quem tinha colocado essas ideias na minha cabeça..."

"Você me disse que nasceu assim."

"Sim, então eu é que te pergunto, por que eu nasci assim, de onde eu vim, de onde vieram essas ideias, que não vieram da minha família, quem é que decide?"

"Hum... Isso não é coisa do meu departamento."

"Tu não sabe? De onde vem a personalidade de uma pessoa antes de ela nascer, a alma..."

"São vários fatores..."

"Tipo quais?"

"Tem a genética..."

"Mas daí eu seria igual aos meus pais."

"Não necessariamente. A junção dos genes dos dois pode dar algo diferente. Azul com amarelo dá verde, como seus olhos."

"Sim, minha mãe tem olho azul..."

"Então."

"E pior que o do meu pai é amarelo! Tipo, mais pro mel."

"Mas não é só isso. É natural na adolescência os filhos quererem contestar os pais, fazer diferente, em busca da própria identidade..."

"Eu sempre fui diferente, desde criança."

"Você sempre se *achou* diferente, talvez seja mais parecido com seus pais do que pensa. Talvez, quando ficar mais velho, vá se tornar exatamente como eles."

"Só que não vou ficar mais velho..."

"Isso só o tempo há de dizer. Eu me decidi."

"O quê?"

"O mundo é que tem de julgar você. Você vai voltar para o seu corpo."

"Sério? Vou acordar do coma?"

"Vai."

"Mas... putz, o que vai acontecer comigo?"

"Isso eu não faço ideia. Mas com certeza agora sua vida será diferente. E te adianto uma boa notícia."

"O quê?"

"Agora você tem muito menos de quarenta e quatro dentes na sua boca."

ESTA OBRA FOI COMPOSTA PELO ACQUA ESTÚDIO EM MERIDIEN
E IMPRESSA PELA GRÁFICA PAYM EM OFSETE SOBRE PAPEL PÓLEN BOLD
DA SUZANO S.A. PARA A EDITORA SCHWARCZ EM JUNHO DE 2023

A marca FSC® é a garantia de que a madeira utilizada na fabricação do papel deste livro provém de florestas que foram gerenciadas de maneira ambientalmente correta, socialmente justa e economicamente viável, além de outras fontes de origem controlada.